Nevfel Cumart

Hochzeit mit Hindernissen

Erzählungen

Grupello Verlag · Düsseldorf 1998

Auf meinem schriftstellerischen Weg haben mich einige Menschen begleitet. Sie trugen in der einen oder anderen Form dazu bei, daß ich meine literarische Arbeit mit Zuversicht verfolgen konnte. Ihnen ein schlichtes »Dankeschön« auszusprechen, wäre viel zu einfach. Stattdessen widme ich ihnen dieses Buch.

Nevfel Cumart

Inhalt

Hochzeit mit Hindernissen

Dies ist der Versuch einer Rekonstruktion. Es muß bei einem Versuch bleiben, denn inzwischen ist viel Zeit verstrichen, und niemals hätte ich gedacht, daß dieses herausragende Ereignis in meinem Leben solch eine langwierige Prozedur werden könnte. Viel zu spät begann ich zu begreifen, welch eine Farce sich anbahnte, welch ein Marathonlauf zu absolvieren war. Worum es geht? Um meine Hochzeit! Ein denkwürdiges Ereignis, im wahrsten Sinne des Wortes.

Eines Tages befanden wir uns in Heiratsstimmung, meine Freundin Sofia und ich. Wie es dazu kam, ist mir heute noch schleierhaft. Vielleicht hatte sich unmerklich ein Gedanke eingeschlichen, der langsam in uns reifte. Vielleicht war es auch nur eine Laune des Schicksals, sozusagen der Übergang in ein neues Stadium unserer langjährigen Beziehung, die in Bamberg ihren Anfang nahm und dort auch zumindest ihren urkundlichen Höhepunkt finden sollte.

Mit dem Heiraten hatten wir beide es zuvor nicht besonders eilig gehabt, eine Notwendigkeit hierfür bestand nicht. Wir lebten zusammen, waren glücklich miteinander, auch mit Trauschein hätte sich daran nichts geändert. Vielleicht lag es auch am Zeitmangel, unter dem wir litten, daß wir nicht ans Heiraten dachten. Wegen der reichlichen Arbeit, die wir um die Ohren hatten, fehlten uns Zeit und Gelegenheit, um uns mit einer Heirat zu beschäftigen.

Es mag auch sein, daß wir beide, jeder für sich, insgeheim an die Konsequenzen eines solchen Entschlusses gedacht und sie alsbald für nicht gut befunden hatten. Denn mit nur einer Hochzeitsfeier wären wir nicht davon gekommen. Bamberg, Athen, Stade und auch Adana hätten auf der Liste gestanden. Eine Hochzeit in Bamberg hätte verständlicherweise auch eine Feier vor Ort nach sich gezogen. Soweit so gut. Meine zukünftige Schwiegermutter Alkestis hing dem Traum nach, ihre einzige Tochter in der kleinen Kirche Agios Nikolaos im Zentrum Athens ganz feierlich in Weiß trauen zu lassen, dort, wo sie damals ihrem eigenen Nikolaos das Ja-Wort gegeben hatte. Stade, besser gesagt Bützfleth, der Stadtteil, in dem meine Familie lebte, war ein Kapitel für sich. Die türkischen Eltern wollten und konnten sich nicht lumpen lassen, wenn ihr ältester Sohn endlich heiratete. Eine Schützenhalle mieten, eine türkische Band aus Hamburg anheuern, Wienerwald Hähnchen und Döner-Kebap mit reichlich Rakı und zu später Stunde eine Bauchtänzerin … Eine großangelegte Feier nach in Deutschland zur Vollkommenheit gereifter, türkischer Tradition mit Hunderten von Gästen wäre zu erwarten gewesen. Seit fast vier Jahrzehnten leben Türken in Deutschland. Inzwischen dürfte sich wohl herumgesprochen haben, daß der türkischen Gemeinde jeder familiäre Anlaß zum Feiern willkommen ist, sie amüsiert sich gerne. Dies gilt auch für Adana. Kaum daß wir der Außenwelt unsere Hochzeitspläne angedeutet hatten, setzte meine Schwester ungeahnte Energien frei und mit einer konzertierten Telefonaktion alle Hebel in Kraft, damit wir auch eine Hochzeit in Adana feiern würden. Aber ich will nicht von den unweigerlich erfolgenden Feierlichkeiten an diversen Orten erzählen, sondern den langen und hürdenreichen Weg bis zur Trauung nachzeichnen.

Die ersten, zaghaften Umfragen im Freundes- und Bekanntenkreis brachten keine abschreckenden Ergebnisse.

»Das ist kein großer Akt«, versicherte mir Julia, die wenige Wochen zuvor geheiratet hatte. »Du gehst auf das Standesamt und läßt dir ein Infoblatt geben. Da ist angekreuzt, was du brauchst. Und wenn du alle Papiere zusammenhast, kannst du deine Sofia heiraten.«

Das klang vielversprechend, war aber, wie sich noch herausstellen sollte, für uns bei weitem nicht so einfach. Unsere Voraussetzungen waren andere: Sofia war Griechin, also eine Ausländerin. Und ich ein Ex-Ausländer türkischer Abstammung mit einem deutschen Paß, der allerdings nicht in Bamberg beantragt worden war.

Ob als Folge der Gleitzeitregelung im Rathaus oder aus unglücklichem Zufall, wer weiß, jedenfalls geriet ich bei meinem Antrittsbesuch im Standesamt an dessen Leiter. In höflichem Ton unterrichtete ich ihn über unser Ansinnen und bat um die Aushändigung eines Formblatts mit der Liste der für eine Heirat notwendigen Unterlagen. Wenn ich an diesem denkwürdigen Tag mit mehr Feingefühl gegenüber dem deutschen Amtsschimmel ausgestattet gewesen wäre, hätte ich bereits bei diesem ersten Gang zum Standesamt erahnen können, daß die Sache beschwerlich werden würde.

Zuallererst mußte ich meinem Gegenüber verständlich machen, daß ich zwar Deutscher sei und Deutsche bekanntlich einen Stammbaum besitzen und ein Familienbuch führen, meine Eltern hingegen Türken seien, und da das Führen eines Familienbuches in der Türkei nicht bekannt ist, ich also auch keines vorlegen könne. Die Tatsache, als Sohn türkischer Eltern auf die Welt gekommen zu sein, beinhaltet nicht, daß dieser Sohn in seinem 28. Lebensjahr a priori als Türke im Sinne einer amtlichen Meldebestätigung betrachtet werden kann. Die erste Hürde bestand darin, dem Leiter des Standesamtes diesen Sachverhalt einleuchtend und nachvollziehbar zu vermitteln.

Die lange Liste mit den vielen angekreuzten Punkten und den einzureichenden Unterlagen, die er mir schließlich gab, hätte, wäre sie ein Vorstrafenregister gewesen, auf eine Haft von zwanzig Jahren schließen lassen. Einige Monate später und um viele Erfahrungen reicher, kam ich zu der Überzeugung, daß es sich wohl eher um »lebenslänglich« hätte handeln müssen.

Wir ließen uns nicht entmutigen und gingen emsig wie die Eichhörnchen daran, alles zusammenzutragen, was der Standesbeamte verlangte. Hierbei fiel meiner zukünftigen Schwiegermutter Alkestis eine Schlüsselfunktion zu, hatte sie doch die undankbare Aufgabe, das eine oder andere Dokument aus Athen beizusteuern. Die Arbeit trug auch gute Früchte, doch mit zunehmender Anzahl der Unterlagen begann ich, mich wie Sisyphos zu fühlen. Der große Trick bestand nämlich darin, mir nicht mitzuteilen, welche Unterlagen insgesamt erforderlich gewesen wären. Jedesmal, wenn wir meinten, die Papiere komplett zu haben, fiel unserem Standesbeamten ein weiteres Schriftstück ein, das auch noch eingereicht werden sollte.

Ein kleines Beispiel gefällig? Ein erforderlicher Ehebefähigungsnachweis, in unserem Fall eine Ledigkeitsbescheinigung vom Typ B, ausgestellt von der zuständigen griechisch-orthodoxen Kirchengemeinde in Holargos, reichte ihm bei Vorlage plötzlich nicht mehr aus. Es bedurfte noch einer weiteren Eheerlaubnis, diesmal allerdings in Form eines Ehebefähigungsnachweises durch die zivile, sprich weltliche Behörde des zentralen Rathauses in Athen.

Die Zeit, sie floß dahin und sie ließ sich nicht aufhalten, schritt immer weiter voran. Eine Hochzeitsfeier in Form eines Garten- oder Grillfestes war bereits unmöglich geworden, der Herbst hielt Einzug in Oberfranken. Unser

Standesbeamter entschied, daß meine im Spätsommer ausgestellte Geburtsurkunde im Herbst nicht mehr zweifelsfrei anzuerkennen sei. Offensichtlich lag hier eine Verzögerungstaktik auf der Basis von willkürlich festgesetzten Gültigkeitsbeschränkungen vor, die von heiratswilligen Normalsterblichen mit ansatzweise logischem Denkvermögen nicht durchschaut werden konnten. Also bereicherte ich die Kasse des Standesamtes in Lingenfeld erneut um zehn Mark, die Bundespost um eine weitere, wartete zwei Wochen und erhielt dann eine neue Geburtsurkunde, die der vorangegangenen bis auf das Ausstellungsdatum haargenau glich. Getippt und unterschrieben von derselben Dame auf derselben altertümlichen Schreibmaschine. Auch in dieser Urkunde wurden Begriffe aus der Zeit von Karl May benutzt, nämlich daß ich »*mohammedanischen Glaubens*« sei. Bis in das pfälzische Lingenfeld hatte sich wohl noch nicht herumgesprochen, daß Menschen, die sich zum Islam bekennen, nicht als Anhänger des Propheten Mohammed gelten, sondern als Muslime bezeichnet werden.

Trotz dieser Verzögerungstaktik ließ es sich nicht verhindern: Der letzte Schritt auf dem Weg in die Ehe konnte eingeschlagen, das Aufgebot bestellt werden.

»*Wenn sich zwei das Ja-Wort geben und damit durch die Eheschließung eine eigene Familie gründen, ist das eine der wichtigsten Entscheidungen in ihrem Leben: Mit der Eheschließung wählen die Partner die beständigste Form des menschlichen Zusammenlebens.*« So steht es zumindest in einer Broschüre der Bayerischen Staatsregierung mit dem schlichten Titel »*Wir heiraten*«. Und weiter heißt es: »*Die Verlobten wählen mit der Ehe die Form der Lebensgemeinschaft zwischen einem Mann und einer Frau, die von der Rechtsordnung anerkannt und besonders geschützt wird.*«

Aber wie sah unsere Bamberger Realität aus?

Der, wie ich hoffte, letzte Gang zum Rathaus, um das Aufgebot zu bestellen, war für mich bereits der dreizehnte. Sofia setzte in dieser Angelegenheit zum ersten Mal ihren Fuß über die Türschwelle des Rathauses. Doch sie war vorgewarnt, denn die diversen Enttäuschungen und Frustrationen hatte ich während der vorausgegangenen Monate bei dem Dutzend Anläufen mit mir nach Hause getragen. Temperamentvoll wie sie ist, hatte sich bei ihr inzwischen eine gehörige Portion Ärger über diesen Standesbeamten angestaut.

An dieser Stelle ist ein feiner charakterlicher Unterschied zwischen meiner Frau und mir bezüglich unseres Kommunikationsverhaltens einer kurzen Erwähnung wert. Ein wohl angeborener Durchsetzungswille, von manchen Deutschen als Frechheit verkannt, und eine nicht zu verachtende Portion hellenistischen Selbstbewußtseins verleiten Sofia dazu, in manchen Situationen den Mund aufzumachen, in denen ich es lieber vorziehe zu schweigen. Zu schweigen aus Höflichkeit, Zurückhaltung, Bequemlichkeit, Angst, Gott allein weiß, aus welchem Grund auch immer. Aus gewissen Erfahrungen der letzten Jahre hielt ich es für angebracht, sie auf dem Weg zum Standesamt prophylaktisch um Ruhe und Besonnenheit zu bitten.

Obwohl uns ein Termin für diesen einschneidenden Schritt in unserem Leben gegeben worden war, ließ man uns eine Stunde warten. Dann durften wir endlich in das Amtszimmer. Kaum waren wir über die Türschwelle getreten, fing der Ärger schon an. Als Sofia die Tür hinter sich schließen wollte, entfuhr es dem Standesbeamten in befehlend schneidendem Ton: »Lassen Sie die Tür offen, ich will sehen, was da draußen passiert und wer alles reinkommt.«

Daraufhin Sofia, kühl und lächelnd: »Es kommt kein Mensch, hier traut sich doch sowieso niemand herein!«

Das war der Auftakt für die folgende Stunde, der krönende Abschluß unserer monatelangen Heiratsvorbereitungen.

Ich mache aus meinem Herzen keine Mördergrube und gebe unumwunden zu: Längst schon war uns beiden die gewisse Freude abhanden gekommen. Immer öfter und hartnäckiger hatte sich die Frage aufgedrängt, warum wir eigentlich heiraten wollten, wie es überhaupt zu dieser Idee gekommen war. Aber es gab kein Zurück. Zuviele Kilometer waren schon gerannt, zuviele Formulare und Anträge ausgefüllt, zuviele Stunden war zwischen Bamberg und Athen telefoniert worden, und zuallerletzt blieb da auch noch der Wunsch, dem Standesamt keinen Sieg zu gönnen.

Wir wollten die Sache durchziehen, nicht nur in unserem Interesse. Mir klang noch die völlig entnervte und verzweifelte Stimme meiner zukünftigen Schwiegermutter in den Ohren: »Um Gottes Willen, heiratet bloß, wenn es irgendwie geht! Noch einmal kann ich unmöglich alle Papiere zusammenbekommen!«

In einer Stadt wie Athen, in der einzig das Chaosprinzip alle Ebenen der Bürokratie horizontal wie vertikal verbindet, ist es beispielsweise kein leichtes Unterfangen, einen fehlerfreien Ehebefähigungsnachweis von der Verwaltungsdienstelle der Präfektur Attika-Ost ausgestellt zu bekommen und diesen anschließend im Übersetzungsbüro des Außenministeriums, wiederum fehlerfrei, ins Deutsche übersetzen und beglaubigen zu lassen.

Bei diesem dreizehnten Gang zum Standesamt war also mein Bestreben einzig und allein darauf ausgerichtet, dieses Procedere mit Geduld und Zähneknirschen hinter uns zu bringen, um endlich heiraten zu können.

Als Türke in Deutschland können einem aber auch ganz einfache, scheinbar belanglose Dinge Schwierigkeiten bereiten. Allein schon der Name kann zu einem Problem werden. Mein Name, in der zur Zeit gerade gültigen Schreibweise als »Nevfel Cumart« festgelegt, ist eine reichlich verunstaltete arabisch-türkische Komposition. Manchmal wünsche ich mir einen typischen und gängigen Namen wie Ali oder Hasan, Memet oder Osman. Viele Fragen und Probleme würden mir erspart bleiben. Meinen Vornamen verdanke ich Waraqa Ibn Naufal, einem Zeitgenossen des Propheten Muhammed. Auch mein Nachname »Cumart« klingt keineswegs türkisch und ist nur noch ein Überbleibsel dessen, wie meine Familie ursprünglich hieß. Jedoch hatte ich mich an ihn gewöhnt, schließlich wuchs ich mit diesem Namen auf und war in Deutschland mein Leben lang so genannt worden. Es ist immer noch besser, als Nevfel Cumart durchs Leben zu schreiten, als beispielsweise Erdoğan Yetişmişoğlu oder Abdulrahman Abasıyanık zu heißen. Namen, bei denen die Fehlerquote hinsichtlich der richtigen Schreibweise um Zehnerpotenzen höher liegt als bei meinem.

An meinem Namen gab es nichts mehr zu verunstalten, aber meine angehende Frau sollte nicht verschont bleiben. Der Standesbeamte war der Auffassung, ihr Familienname solle im Reigen der verunstalteten Namen Aufnahme finden. Obwohl in all ihren Papieren und Dokumenten, auch den von der Stadt Bamberg ausgestellten, ihr Nachname »Kutsopapa« geschrieben wurde, wollte er sich nicht eines Besseren belehren lassen: Er trug sie als »Kuoutsoupapa« ein. Was die Transkription des Altgriechischen ins Deutsche betreffe, da kenne er sich schließlich bestens aus, und so lange niemand das Gegenteil beweisen könne, würde es bei dieser Schreibweise bleiben, basta! Erwartungsvoll grinsend blickte er uns über seinen Schreibtisch hinweg an. Im Gegensatz zu mir war er aber an die falsche Frau geraten. Wenn er insgeheim darauf wartete, daß meine zukünftige Frau mit ihm diskutieren, womöglich in irgendeiner Form bitten oder levantinisch um Buchstaben feilschen würde, so hatte er sich böse getäuscht. Zu meiner Linken hörte ich in einem ungeduldigen und leicht mitleidigen Ton: »Schreiben Sie ruhig, was sie wollen, es ist mir vollkommen egal, ob ich mit ›uou‹ oder ›u‹ in die Ehe gehe! Ich schreibe meinen Namen sowieso wie ich es will.«

Sofia schien sich auf den Beamten eingestellt zu haben und ließ sich trotz der vielen Fuß- und Knietritte, die ich ihr unter dem Tisch verpaßte, nicht zur Ruhe bringen. Sie bot auch im weiteren Verlauf munter Paroli und verteilte gelegentlich auch verbale Ohrfeigen. Meine ernsthaften Befürchtungen, über kurz oder lang des Büros verwiesen zu werden, immerhin stand die Tür noch sperrangelweit offen, erwiesen sich überraschenderweise als völlig überflüssig. Ganz im Gegenteil, unser Gegenüber wurde zusehends ruhiger. Es war kaum zu glauben, aber gegen Ende der Sitzung schlich sich sogar eine Spur von Höflichkeit in sein Verhalten und ein kleines Lächeln in sein rundliches Gesicht.

Es ist doch wirklich erstaunlich mit uns Menschen, wir sind wahrhaftig eigenartige Geschöpfe. Wahrscheinlich ist der Mensch überhaupt die seltsamste Kreatur unter Gottes Sonne. Es gibt einige unter uns, so wie diesen Standesbeamten, die muß man bis zum Rande der Schmerzgrenze beleidigen, sie genauso unhöflich behandeln, wie sie es mit anderen Menschen zu tun pflegen, dann werden sie höflich und nett. Wenn sie getreten werden, sind sie freundlich, ansonsten treten sie selbst.

Ein weiterer, wesentlicher Charakterzug unseres Standesbeamten bestand darin, daß er sich in arroganter Weise besserwisserisch verhielt und unbedingt seine humanistische Bildung unter Beweis stellen wollte. Statt die beglaubigten Übersetzungen in Deutsch zu lesen, nahm er sich allen Ernstes mit seinen verkümmerten Altgriechisch-Kenntnissen die Originalurkunden aus Athen vor. Das Ergebnis folgte auf dem Fuße: Sofia war plötzlich drei Tage jünger als von ihr angegeben und in ihrem gültigen Reisepaß eingetragen. Dies wiederum verleitete ihn leichtfertig dazu, sie der Unkenntnis ihres eigenen Geburtsdatums zu bezichtigen. Erst nach heftigem Insistieren unsererseits bequemte er sich schließlich, auf die beigeheftete deutsche Übersetzung zu schauen. Er brauchte lediglich ein paar wenige Minuten für die Erkenntnis, daß offensichtlich ein kleiner zeitlicher Abstand zwischen Geburtsdatum und Ausstellungsdatum bestand.

Unwissenheit ist wahrhaftig keine Schande, solange der Mensch willens ist, sich eines Besseren belehren zu lassen. Doch Unwissenheit gepaart mit Arroganz und Unbelehrbarkeit kann schnell in Dummheit münden. Zweifellos saß uns hier solch ein Exemplar der Spezies »Paragraphenreiter« gegenüber. Der Fragebogen, der zur Bestellung des Aufgebots auszufüllen war, gab ein beredtes Zeugnis davon.

Das Computerzeitalter hatte noch keinen Einzug in das Bamberger Standesamt gehalten. Das Ausfüllen erfolgte mit Hilfe einer alten, mechanischen Schreibmaschine, die unser Standesbeamter in eindrucksvoller Zwei-Finger-Technik traktierte, nach jeder bissigen Bemerkung von Sofia um so verbissener, wobei er jeweils laut vorsprach, was er schrieb und dadurch eine offizielle und gewichtige Atmosphäre zu erzeugen versuchte. Sein Respekt gegenüber der griechischen Sprache war ihm anscheinend völlig abhanden gekommen. Anders ließen sich die nun wild variierenden Schreibweisen der Namen und anderen Angaben meiner Schwiegereltern nicht interpretieren. Aber auch meine Familie sollte nicht verschont bleiben.

Das Aufzählen von Details könnte eventuell die Gefahr der Langatmigkeit mit sich bringen, daher beschränke ich mich auf zwei Perlen. Den unbestreitbaren Höhepunkt des gelegentlichen Schreibmaschinen-Stakkatos bildete die Rubrik »Name des Vaters« in der Spalte für den Ehemann. Er sprach laut »Adolf« und tippte flugs. Das zweifache Entsetzen auf unseren Gesichtern sprach wohl Bände, angesichts dieses prekären Freudschen Fauxpas herrschte ausnahmsweise auch Schweigen bei Sofia. Da Korrekturstreifen nicht zur Hand waren und die historisch belasteten fünf Buchstaben schon viel zu lange im Raum nachklangen, schlug der Standesbeamte fünf mal auf das große X ein und fügte daneben den arabischen Namen »Arif« ein. Exotisch-orientalisch klang auch meine Religionszugehörigkeit, die er im Vollbesitz seiner geistigen Fähigkeiten mit gewohnter Fingerfertigkeit in die entsprechende Spalte eintrug: »islamithisch«.

Unser Standesbeamter, ein überzeugter Katholik, hatte sich offensichtlich die Bibel zu Herzen genommen. Er schritt unbeschwert durch diese Welt und grämte sich nicht übermäßig, litt nicht sehr an der Last des Geistes. In der Bibel steht nämlich: *»Denn wo viel Weisheit ist, da ist viel Grämen, und wer viel lernt, der muß viel leiden.«* (Kor 1, 18) Aber in der Heiligen Schrift ist auch zu lesen: *»Gebt, so wird euch gegeben.«* (Lk 6, 38).

Auch daran hielt er sich.

Wir hatten alles gegeben, was wir an Informationen zu geben vermochten, unabhängig davon, wieviele von ihnen und in welcher Form sie ihren Weg auf das Papier fanden. Und zu guter Letzt wurde uns gegeben: Das zweifelhafte Vergnügen, die Ansammlung seiner Fehler im Schnelldurchlauf zu hören, als er den vollständig ausgefüllten Fragebogen laut vortrug, und wichtiger noch, die heißersehnte Möglichkeit, diesen zu unterschreiben.

Wer allerdings glaubt, daß wir es nun endlich geschafft hatten, irrt sich leider. Die ganze Prozedur geschah nämlich ohne rechtsverbindliche Gültigkeit, ihr Ergebnis war sozusagen die Bestellung des Aufgebots unter Vorbehalt. Eine Rechtsgültigkeit sollte erst dann eintreten, wenn ich dem Standesamt meine Einbürgerungsurkunde im Original vorlegte. Den Stein des Anstoßes bildete mein deutscher Personalausweis. Womöglich hegte der Standesbeamte den Verdacht, ich könnte meinen angeblich fälschungssicheren Personalausweis bei Neckermann gekauft haben oder, um in der Region zu bleiben, bei Quelle in Fürth.

Daß in Bayern die Uhren anders gehen, habe ich früher in Norddeutschland oft genug gehört. Daß sich Lehrer mit einem Staatsexamen aus Bremen in Bayern keine Hoffnung auf eine Anstellung zu machen brauchen, war mir auch bekannt. Daß aber ein vom Ordnungsamt der Stadt Stade ausgestellter Personalausweis von einem bayerischen Beamten im mittleren Dienst in Frage gestellt wird, war das Tüpfelchen auf dem i. Also begab ich mich zum vierzehnten Mal auf den mir so wohlvertrauten Weg und trug meine Einbürgerungsurkunde zum Standesamt. Siehe da, sie erwies sich als echt.

Ich stelle es mir bildlich vor: Ein Ausländer, nehmen wir an, ein Türke, mit einem hier in Deutschland zur Zurückhaltung genötigten Wesen, vielleicht ein Arbeiter am Fließband bei Bosch, der deutschen Sprache nicht sehr mächtig und leicht durch Obrigkeitsverhalten einzuschüchtern, entschließt sich zu heiraten, und gerät somit in die Fänge dieses Standesbeamten. Niemals würde es bis zur Hochzeit kommen. Mit Sicherheit ist das einer der Gründe, warum so viele in Deutschland lebende Ausländer es vorziehen, in ihrer Heimat zu heiraten. Manche von ihnen reisen nach Dänemark, um dort die Ehe einzugehen.

Aber nach den vielen Eindrücken, die ich bei meinen unvermeidlichen Besuchen im Standesamt am Rande gewinnen durfte, wage ich nicht zu behaupten, daß deutsche Heiratswillige ohne Reibereien mit diesem Standesbeamten an ihr Ziel gelangen. Anders gesagt, für eine junge, schwangere Katholikin aus dem Bamberger Umland dürfte der Gang zum Standesamt mit Sicherheit auch kein Zuckerschlecken sein.

Was uns betrifft: Nach elf langen Monaten fand schließlich die Trauung statt, an einem kühlen Vormittag im Dezember. Am selben Abend wurde ich mit dem Literaturpreis eines anderen Bundeslandes ausgezeichnet.

Auf der Suche nach Heimat

Als sie achtzehn wurden, hatten die meisten meiner Freunde nichts anderes im Kopf, als möglichst bald am Steuer eines eigenen Wagens zu sitzen. Diesen Augenblick konnten sie kaum abwarten. Mich ließ solch ein Gedanke völlig kalt. Ich wünschte mir zu meinem 18. Geburtstag nichts sehnlicher, als möglichst bald die deutsche Staatsbürgerschaft zu erhalten. Wenn ich damals geahnt hätte, was alles auf mich zukommen sollte – wahrscheinlich hätte ich mir diesen Wunsch sofort wieder aus dem Kopf geschlagen.

Von der deutschen Staatsbürgerschaft versprach ich mir viele neue Freiheiten und die Lösung einiger meiner Probleme. Der Paß sollte ein Beleg für mich sein, wohin ich gehörte, und mir einen Weg für die Zukunft weisen. Er sollte mir die Freiheit geben, mich hier in Deutschland sicher zu fühlen und nicht länger von irgendwelchen befristeten Aufenthaltserlaubnissen abhängig zu sein. Und er sollte mich vor dem Zugriff der türkischen Behörden schützen. Ich versprach mir also eine ganze Menge von einem roten Paß mit dem Bundesadler. Vielleicht waren diese Wünsche nur eine hoffnungsspendende Illusion, ein Rettungsanker, an den ich mich in meiner seelischen Not klammerte. Und in Not befand ich mich wahrhaftig.

Bereits seit einigen Jahren tobte ein aufreibender und schmerzhafter Kampf in mir. Schwer nur läßt sich meine Lage beschreiben. Die Auseinandersetzungen mit meinen Eltern und ihren althergebrachten türkischen Sitten und Traditionen hatten im Laufe der Jahre stark zugenommen. Ich fühlte mich innerlich gespalten, förmlich zerrissen in der Mitte, wußte nicht so recht, wohin ich gehörte. Ich konnte keinen Halt finden, fühlte mich verloren zwischen diesen beiden Welten. Es quälte mich, nicht zu wissen, ob ich Türke oder Deutscher war.

Zu dieser Orientierungslosigkeit eines heranwachsenden Jugendlichen kam eine unglückliche Liebe hinzu. Mit vierzehn verliebte ich mich über beide Ohren in ein Mädchen aus meiner Klasse. Es war Liebe auf den ersten Blick, eine innige Beziehung. Doch wurde diese Liebe von unseren Familien abgelehnt. Auch wohnte meine Freundin seit einem Jahr weit weg in einer anderen Stadt. So konnten wir uns nur selten sehen, und das auch nur heimlich, um Ärger zu vermeiden.

Wie ein Damoklesschwert hing ein weiteres Problem über meinem Nacken und kam mit zunehmendem Alter gefährlich näher: der Militärdienst. Obwohl in Deutschland geboren und aufgewachsen, sollte ich meinen Militärdienst in der Türkei ableisten. Der stand mir noch bevor und rückte zusehends näher heran. Immer heftiger spürte ich auch meine Kritik gegenüber dem türkischen Militär. Nach dem letzten Putsch hatte es den Tod von so vielen Menschen verschuldet und mit eiserner Hand regiert. Es war der dritte Militärputsch in der Geschichte des Landes und wahrscheinlich auch nicht der letzte.

Auch diese Sorge hoffte ich mit der deutschen Staatsbürgerschaft zu beseitigen. Viel lieber hätte ich in einem deutschen Altersheim meinen Zivildienst abgeleistet, anstatt irgendwo im Osten Anatoliens an einem sinnlosen Krieg teilzunehmen. Ich wußte nicht, ob dieser Wunsch in Erfüllung gehen würde, doch ich wußte sicher, daß ich diesen Beweggrund auf jeden Fall den deutschen Behörden verschweigen mußte.

Kurzum, als ich achtzehn wurde, war ich alles andere als überschwenglich glücklich. Die Angst vor der Zukunft raubte mir das Lachen, quälende Depressionen den

Schlaf in den Nächten. Ein Gefühlschaos herrschte in mir. Die deutsche Staatsbürgerschaft sollte mir helfen, inneren Frieden zu erlangen und mir Sicherheit geben. Ich erhoffte mir einen Halt in diesem Strom von Angst und Ungewißheit. Zumindest war ich überzeugt, daß ich es in der Zukunft mit einem deutschen Paß leichter haben könnte. Ich betrachtete die Einbürgerung auch als eine natürliche Konsequenz meines bisherigen Lebens: Seit meiner Geburt lebte ich in Deutschland, und ich wollte auch weiterhin hier bleiben. Also lag es auf der Hand, diesen Entschluß mit einem deutschen Personalausweis zu besiegeln.

So viele Jahre erfüllte ich die Pflichten dieses Landes, warum sollte ich nicht auch die Rechte erhalten, von denen ich glaubte, daß sie mir zustanden und die mein Leben angenehmer machen würden? Ich wollte nicht mehr in so vielen Bereichen benachteiligt sein. Auf Reisen beispielsweise wurde mir immer vor Augen geführt, daß ich Türke war, anders war als meine Freunde. Die meisten von ihnen wußten nicht einmal, was ein Visum ist. Sie reisten einfach drauflos. Ich aber brauchte jedesmal ein Visum und besaß nicht einmal einen Anspruch darauf. Ganz gleich, ob ich zu einer Ferienfreizeit nach Dänemark, zu einer Klassenfahrt nach Österreich oder zu meinem Onkel nach Frankreich fahren wollte, stets mußte ich in den jeweiligen Konsulaten mir ein Visum besorgen. Ich fühlte mich nicht als Mensch zweiter Klasse, doch wurde ich so behandelt.

Die Einbürgerung in Deutschland ist eine unbeschreibliche Prozedur, ein Spießrutenlaufen durch viele bürokratische Instanzen. Die Antragsteller werden systematisch in den Mühlen der zähen und abweisenden Bürokratie zermahlen. In langen Jahren konnte ich es zur Genüge spüren. Es war mein Pech, daß meine Eltern vor über drei

Jahrzehnten nach Deutschland kamen und nicht nach Frankreich oder Holland, wo andere Gesetze gelten. Deutschland ist das einzige europäische Land, in dem die Staatsbürgerschaft auf eine Volks- und Blutszugehörigkeit zurückgeführt wird. Dieses völlig überholte Gesetz stammt aus der Kaiserzeit und entspringt im Grunde genommen einem rassistischen Denken. Kein Land in Europa besitzt ein dermaßen restriktives Gesetz.

Letztendlich kann dieses Gesetz zu einer absurden Behandlung führen: Ein 25jähriger Türke, der in der Bundesrepublik auf die Welt gekommen ist und sein gesamtes Leben hier verbracht hat, wird nicht eingebürgert. Aussiedler hingegen, deren Vorfahren zur Zeit von Katharina der Großen ausgewandert sind, die heute wieder nach Deutschland zurückkehren und kein einziges Wort deutsch sprechen, werden sofort eingebürgert. Auch jemand, dessen Vorfahren vor 50 Jahren Deutschland verließen, wird ohne weiteres eingebürgert. Wenn er beweist, daß sein Großvater in Hitlers SS aktiv gewesen ist, so erhält er von heute auf morgen die deutsche Staatsbürgerschaft und mit ihr alle Rechte. So sah die Realität aus.

All das wußte ich nicht, als ich mich damals nach einem Rechtsanwalt erkundigte, der mir bei der Einbürgerung helfen sollte. Mein erster Anwalt warf nach zwei Jahren völlig entnervt das Handtuch, weil die Angelegenheit sich als mühsam, zäh und kompliziert erwies. Später erklärten sich zwei junge Anwälte bereit, mir Rechtsbeistand zu leisten und mich bei den zuständigen Ämtern und Behörden zu vertreten. Voller Engagement holten sie allerlei Informationen ein, schrieben Briefe an die türkische Botschaft in Bonn, an das Generalkonsulat in Hannover und an das zuständige Ministerium in Ankara. Sie wandten sich an den Landkreis in Stade, an das Innenministerium in Hannover und sie vergaßen auch die Ausländerbeauftragte der Bundesregierung in Bonn nicht.

Die rechtliche Situation war überaus kompliziert. Nach vielen Monaten kristallisierte sich heraus, wie eine eventuelle Einbürgerung ablaufen könnte. Aus deutscher Sicht konnte ich nicht eingebürgert werden, solange ich nicht aus der türkischen Staatsbürgerschaft entlassen worden war. Wenn alle Voraussetzungen für eine Einbürgerung vorlägen, würde ich eine Einbürgerungszusicherung erhalten. Erst wenn ich von den zuständigen Behörden in der Türkei ausgebürgert worden wäre, hätte ich in Deutschland eingebürgert werden können. Das türkische Generalkonsulat in Hannover allerdings ließ mich wissen, daß ich nicht ausgebürgert werden könne, solange ich nicht die deutsche Staatsbürgerschaft besäße. Die Katze biß sich in den Schwanz.

Später sollte ich am eigenen Leibe erfahren, daß die Auskunft des Generalkonsulats nur eine Verzögerungstaktik war. Die Türken entlassen ihre Landsleute prinzipiell nicht aus der Staatsbürgerschaft, und schon gar nicht einen jungen Mann, der seinen Militärdienst noch nicht abgeleistet hat. Und ohne Ausbürgerung konnte auch keine deutsche Einbürgerung erfolgen. Das wiederum wußten auch die deutschen Behörden. Ihre Vorbedingung bedeutete also nichts anderes, als die Einbürgerungswünsche der meisten türkischen Antragsteller von vornherein zum Scheitern zu verurteilen.

Die Rechtsanwälte und ich ließen nicht locker und trieben die Sache weiter voran. Bald bewegte sich alles auf einer völlig hypothetischen Ebene. Ich war damals nicht schlau genug, um zu erkennen, was für eine Farce das alles war. Vielleicht hinderte mich meine innere Not daran, die ganze Sache nüchtern und realistisch zu sehen. Irgendwann teilte mir das Ordnungsamt in Stade mit, man könnte mir »*nach erfolgreicher Bewerbung und positivem Verlauf des Einbürgerungsantrags und vorbehaltlich einer Befürwortung der Bezirksregierung, eine zeitlich befristete*

Einbürgerungszusicherung erteilen für den Fall eines Austritts aus der türkischen Staatsbürgerschaft innerhalb des fest zugesicherten Zeitraumes.« Die Türken erklärten sich bereit, mir für den Fall einer zuvor erfolgten Einbürgerung durch die deutschen Behörden im Gegenzug eine schriftliche Zusicherung über eine eventuelle Ausbürgerung zu erteilen. Beide Seiten zerrten an meinen Nerven, quälten mich, weil der Erfolg dieser Unternehmung mir so vage und so fern erschien.

Meine Bemühungen zogen sich über einige Jahre hinweg. Sieben Jahre hielt ich es als Spielball deutscher und türkischer Beamten aus, bis mich endgültig Kraft und Energie verließen. Den letzten Stoß, der demütigenden Odyssee ein Ende zu geben, versetzte mir ein Schreiben der Bezirksregierung Lüneburg. Sie teilte mir mit, daß mir die deutsche Staatsbürgerschaft nicht erteilt werden könne, weil ich *»der deutschen Gesellschaft zur Last«* fiele. Punkt. Ende. Aus nach sieben Jahren.

Es gäbe unzählige Geschichten aus diesen Jahren zu erzählen, in denen ich einer Einbürgerung hinterherlief. Mit Sicherheit ließe sich mit diesen Erlebnissen ein ganzes Buch füllen. Schon die amtsärztlichen Untersuchungen, denen ich mich ständig unterziehen mußte, sind ein Kapitel für sich. Ein teures sogar, denn die Kosten für die Untersuchungen mußte stets ich tragen. Wer Deutscher werden will, muß kerngesund sein, lautete die Devise. Und da das Ordnungsamt meinte, ich könnte mir innerhalb von drei Monaten eine Krankheit zugezogen haben, wurde ich in jedem Quartal zu solch einer amtsärztlichen Untersuchung bestellt. Jedesmal war es das gleiche Procedere. Die Ärzte wechselten gelegentlich, aber der Ablauf der Untersuchung blieb. Mein ganzer Körper wurde begutachtet, mit einer kleinen Lampe mir in den Mund, die Ohren und die Augen geleuchtet. Und immer wieder die Röntgenaufnahmen und das unsinnige Abklopfen des Rückens.

Auch von meinen armen Lehrern könnte ich erzählen, die aufgefordert wurden, ein Gutachten über mich zu erstellen. Sie mußten begründen, warum ich die deutsche Staatsbürgerschaft erhalten sollte. Sie fühlten sich nicht wohl in ihrer Haut. Sie wollten mir helfen, doch sie wußten nicht, wie sie es anstellen sollten, wußten nicht, was sie über mich schreiben sollten. Uns allen war zum Heulen zumute. Es schien so irrsinnig und entwürdigend, so widersprüchlich und vermessen.

Doch von all dem will ich nicht erzählen. Lediglich ein unvergeßliches Erlebnis möchte ich anführen. Es steht stellvertretend für meine Situation und verdeutlicht, wie absurd das Ganze gewesen ist. Ich erinnere mich noch genau, als sei es erst gestern geschehen. Eines Tages, im Jahre 1983, erhielt ich zwei Briefe. Sie kamen vom Ordnungsamt der Stadt Stade und trugen die Unterschrift desselben Amtsleiters. Der erste Brief enthielt eine Aufforderung, aufgrund meiner *»überdurchschnittlich guten Deutsch- und Türkischkenntnisse bei der bevorstehenden Volkszählung als Übersetzer«* zu fungieren. Der zweite Brief, wohlgemerkt vom selben mit Blindheit geschlagenen Amtsleiter unterzeichnet, enthielt folgende Aufforderung: Da ich die deutsche Staatsbürgerschaft beantragt habe, sollte ich mich zu dem nachfolgend angegebenen Termin im Ordnungsamt einfinden, um den Nachweis meiner deutschen Sprachkenntnisse zu erbringen und einen mündlichen Test zu absolvieren! Diese Aufforderung erfolgte, obwohl das Ordnungsamt wußte, daß ich ein humanistisches Gymnasium besuchte. Mein letztes Jahrgangszeugnis befand sich in dem riesigen Stapel der eingereichten Unterlagen.

Wer konnte mir die Wut über solch eine Unverfrorenheit verdenken? Zornerfüllt nahm ich mir vor, mich mit diesen beiden Briefen an die Lokalzeitung zu wenden und daraus eine saftige Geschichte machen zu lassen. Ein Beispiel für die schikanöse Behandlung deutscher Behörden wollte ich dokumentieren und diese ausländerfeindlichen Beamten an den Pranger stellen. Doch nach reiflichem Überlegen verwarf ich diesen Gedanken. Es stand zu befürchten, daß diese Aktion letztendlich nur weitere Schwierigkeiten hervorrufen würde. Und von denen hatte ich schon genug, mehr als mir lieb war. Doch ohne eine Reaktion wollte ich diese Gemeinheit auch nicht auf sich beruhen lassen. Wenn ich mich auch nicht zu weit aus dem Fenster lehnen wollte, die ganze Sache wurmte mich zu sehr, als daß ich schweigend darüber hätte hinwegsehen können. Und schreiben wie ein Paragraphenreiter konnte ich allemal.

Auf das erste Schreiben reagierte ich mit einer höflichen, aber bestimmten Antwort dahingehend, daß ich mit dem Sinn und Zweck der Volkszählung nicht einverstanden sei und mich daher ausdrücklich weigere, in dieser Angelegenheit als Übersetzer für die Stadt zu arbeiten. Eine weitere Auseinandersetzung an dieser Front blieb mir erspart, da die Volkszählung wegen massiver Proteste in jenem Jahr nicht durchgeführt wurde.

Was den zweiten Brief betraf, so wurde die Sache sogar recht amüsant. Zum angegebenen Termin ging ich zum Ordnungsamt. Wie oft hatte ich diesen Weg schon zurückgelegt, wie oft hatte ich dem Sachbearbeiter gegenübergestanden, einem älteren Mann aus dem Stader Umland, der kurz vor der Pensionierung stand. Er hatte graue Haare und buschige Augenbrauen in seinem kantigen Gesicht. Sein Deutsch hatte viele plattdeutsche Einlagen. Und das sollte ihm zum Verhängnis werden. Mit vorher einstudierter Penetranz korrigierte ich jeden seiner Sätze, fiel ihm ins Wort, sobald er zu sehr in seinen Dialekt fiel, und antwortete meinerseits betont penibel und schullehrerhaft in druckreifem Hochdeutsch. Es war das erste und einzige Mal während dieser jahrelangen Odyssee, daß nicht ich in den Mühlen zermahlen wurde, sondern ein anderer Blut und Wasser schwitzte. Völlig konsterniert, um nicht zu sagen genervt, schickte er mich bereits nach zehn Minuten wieder hinaus. Dieser kurze Augenblick der schelmischen Freude sollte mein einziger bleiben.

Nach der Mitteilung, daß ich nicht eingebürgert werden könne, waren meine Enttäuschung und Verbitterung groß. Weil ich *»der deutschen Gesellschaft zur Last«* fiele ... Diesen Satz werde ich bis an mein Lebensende nicht vergessen.

Es dauerte drei Jahre bis ich schließlich Kraft für einen neuen Anlauf fand. Erneut stellte ich einen Antrag auf Einbürgerung. Dieses Mal aber stand alles unter anderen Vorzeichen. Zwar hatte sich meine Nase nicht verändert, aber die Voraussetzungen und die Umstände, in denen ich mich befand, sehr wohl. Man sah nicht mehr den armen türkischen Abiturienten in mir, dessen Gesundheit zu ständigen Untersuchungen Anlaß zu geben schien. Nein, mittlerweile galt ich als ein junger, talentierter Autor, der für sein Werk mehrfach mit Literaturpreisen ausgezeichnet worden war. Man sagte mir auch nach, ich habe einiges im Kopf. Immerhin war ich im Genuß eines Stipendiums für Hochbegabte. Türke zwar, aber intelligent! Außerdem gab es einige Menschen in nicht ganz unwichtigen Positionen, die mich kannten. Sie wußten einige positive Zeilen über mich zu schreiben.

Um es abzukürzen: Ich erhielt innerhalb von wenigen Wochen die deutsche Staatsbürgerschaft mit der Begründung, daß ich *»eine große Bereicherung für die deutsche Gesellschaft«* darstelle. Keinerlei Auflagen oder Bedingungen wurden an mich gestellt. Nach meinem türkischen

Paß wurde nicht einmal gefragt, geschweige denn eine Ausbürgerung erwähnt. Ehe ich mich versah, gehörte ich zu den Menschen, die es in Deutschland offiziell gar nicht geben durfte: Ich besaß eine doppelte Staatsbürgerschaft!

Zunächst konnte ich es nicht fassen. Mit meiner Verblüffung stand ich nicht allein da. Auch meine Rechtsanwältin, eine Frankfurter Expertin in Ausländerrecht, die ich vorsorglich konsultiert hatte, war über alle Maßen überrascht. Nachdem sie sich mehrfach vergewissert hatte, daß kein Irrtum vorlag und ich wirklich meine Einbürgerungsurkunde in Händen hielt, sprach sie beschwörend auf mich ein. Auf gar keinen Fall solle ich weiter nachfragen, sondern kommentarlos meinen Paß abholen und dann schleunigst das Amt verlassen – und mich am besten nie wieder dort blicken lassen.

Nun hatte ich den heiß ersehnten deutschen Paß. Doch anstatt mich zu freuen, fühlte ich mich erbärmlich. Ich schämte mich über diesen phänomenalen Erfolg, über diese bevorzugte Behandlung, die von höchster Stelle, aus dem Innenministerium in Hannover, veranlaßt worden war. Ich schämte mich sehr. Dieses Unwohlsein entsprang einem unsichtbaren Band der inneren Solidarität und des Mitgefühls. Des Mitgefühls für die vielen Landsleute und die anderen Ausländer, die sich jahrelang abquälen, denen so viele Steine in den Weg gelegt werden und die sich irgendwann anhören müssen, sie seien nicht gut genug für die deutsche Gesellschaft, eines deutschen Passes nicht würdig. Jahrzehntelanger Aufenthalt in diesem Land zählen nicht, gezahlte Steuern, Renten- und Sozialbeiträge zählen nicht, mit zahllosen Deutschen geteiltes Glück und Leid beim Aufbau dieses Landes, das erst durch die Arbeitskraft von ehemals herbeigerufenen Menschen zu dem wurde, was es heute ist: all das zählt nicht.

Wann es geschah, vermag ich nicht zu sagen, aber irgendwann begann ich zu erkennen, daß meine Sicht der Dinge und mein Unwohlsein völlig unbegründet waren. Letztendlich war es mir auch nicht anders ergangen als den Menschen, denen ich mich aus einem Gefühl der inneren Solidarität verbunden fühlte. Das war kein Erfolg von wenigen Wochen, wie es vordergründig gewesen zu sein schien. Hatte ich mich nicht seit 1981, und vielleicht sogar schon früher, um die Einbürgerung bemüht? Hatte ich mich nicht deswegen mit meinen Eltern und anderen Verwandten überworfen, die darin einen Verrat an meiner Herkunft sahen? Hatte ich nicht Krisen und Depressionen durchstehen müssen, weil auch ich oft genug an meinem eingeschlagenen Weg zweifelte? Wie oft wurden mir Steine in den Weg gelegt, von türkischer wie von deutscher Seite? Wie oft wurden Papiere, Dokumente und beglaubigte Übersetzungen neu angefordert, weil angeblich irgendwelche Gültigkeitsfristen abgelaufen waren? Wie oft hatten Ärzte meinen Körper inspiziert, als hätte ich eine ansteckende Krankheit, als wäre ich eine Gefahr für die Volksgesundheit? Wie oft hatte ich mich kraftlos und ausgelaugt gefühlt, weil meine Bemühungen aussichtslos erschienen und ich mir nicht weiterzuhelfen wußte? Hatte ich nicht insgesamt über zehn Jahre auf einen deutschen Reisepaß gewartet? Zehn erbärmliche, unendlich lange Jahre, in denen mir von Tag zu Tag immer schmerzlicher bewußt wurde, wie sehr mir elementare Rechte in dem Land fehlten, in dem ich mein gesamtes Leben verbracht habe?

»Nein, Cumart, du hast es dir verdient«, sagte ich schließlich zu mir selbst. Bald darauf konnte ich mich nicht nur darüber freuen, sondern ich konnte auch von der Geschichte meiner Einbürgerung erzählen.

An den Ufern der Regnitz

Wie oft schon wurde ich gefragt, warum es mich gerade nach Bamberg verschlagen hat. Warum gerade nach Bayern, zudem noch in die Provinz und nicht in eine Großstadt?

Der Antwort sei eines vorweg genommen: Meine Wahl habe ich nicht bereut, in doppelter Hinsicht nicht. Die als paradiesisch zu bezeichnenden Zustände während meines Studiums, angesichts der heutigen Lage an den Universitäten ist diese Feststellung nicht übertrieben, trugen dazu bei, daß mir diese tausendjährige Stadt mit ihrem sanftmütigen Charme und ihrer historischen Behaglichkeit langsam ans Herz wuchs. Zudem fand ich die Frau meines Lebens hier, was kann ich mehr wollen?

Ein Träumer bin ich gewiß nicht. Natürlich bin ich mir bewußt, meinen ersten Wohnsitz in einer der schönsten Städte Deutschlands zu haben. In der Stadt, die Papst Clemens II. als »*unsere Freundin, unsere Schwester, unsere Braut, unsere Taube*« beschwor, die es »*mit umso größerer Liebe und Sorge zu betrachten und von allen Seiten mit Schutz zu umgeben*« gilt. Poetische Worte, die der Bamberger Bischof kurz nach seiner Wahl zum Papst im Jahre 1047 an seine Stadt richtete. Nachempfinden läßt sich dieses hingebungsvolle Versprechen auch heute noch, wenn man den Weg in Richtung Domberg einschlägt. Der gewaltige Domplatz, der sich leicht zur unterhalb gelegenen Altstadt neigt, majestätisch, in sich ruhend, wird von drei monumentalen Bauten umgeben: dem Dom mit seinen imposanten Türmen, der Alten Hofhaltung und der Neuen Residenz. Dieser Platz läßt einen Hauch von historischer Größe und Unvergänglichkeit erahnen, von Zeitlosigkeit und Kontinuität, er wirft den Betrachter auf sich selbst zurück, regt ihn unweigerlich zu einer stillen Innenschau an.

Wer die persönliche Innenschau überschreiten möchte, sollte den kurzen Spaziergang nicht scheuen und sich auf die Terrasse des ehemaligen Benediktinerklosters auf dem Michelsberg begeben. Der wunderschöne Ausblick über die roten Dächer der Stadt hinweg in das grüne Umland ist eine mehrfache Belohnung für die wenigen Schritte. Bei gutem Wetter reicht die Sicht über die sanften Hügel Oberfrankens bis nach Staffelstein und Lichtenfels. Wer Zeit mitbringt und länger als einen flüchtigen Augenblick verweilt, wird bei diesem Ausblick spüren, wie bereits nach wenigen Minuten die Last des hektischen Alltags langsam von den Schultern fällt. Gilt es nicht, dies *»mit umso größerer Liebe und Sorge zu betrachten«* und vor allem zu bewahren?

Zu Recht sind die Bamberger stolz auf ihre schöne Stadt. Allein die Altstadt Bambergs hat weit über 1300 denkmalgeschützte Häuser, die im Jahre 1981 zum Stadtdenkmal erklärt wurden. Dreizehn Jahre später gelangte der historische Kern Bambergs zu weltweiter Anerkennung. Im Frühjahr 1994 nahm die UNESCO Bambergs Altstadt in die Liste des zu erhaltenden Weltkulturerbes auf. Mit großartigen Monumenten wie den Pyramiden von Gizeh oder den Kalksinterterrassen in Pamukkale steht Bamberg nun in einer Reihe.

Wer sich hier niedergelassen hat und seit einigen Jahren in und mit dieser Stadt lebt, legt die Brille des Touristen ab. Er wird die Stadt, ihre Bauten und Straßen, ihre Flußarme und Brücken, ihre Gassen und Kneipen, ihre Hügel und Täler mit anderen Augen wahrnehmen. Im Gegensatz zu den unzähligen Touristen aus aller Herren Länder, die in Reisebussen die »*Traumstadt*« auf der Durchreise besuchen, wird der Ansässige Gelegenheiten finden, unter die historische Patina der Stadt zu blicken. Dann wird man langsam Gewachsenes neben neu Hinzugefügtem, Altehrwürdiges neben Modernem erkennen, den beschaulichen und ruhigen Pulsschlag dieser Stadt spüren.

Nein, ich bin sicher noch kein Bamberger, auch nach sieben Jahren nicht. Eher bin ich ein frisch Zugereister, der es genießt, einen erheblichen Teil seiner Zeit in dieser romantischen Stadt mit ihren sieben Hügeln zu verbringen. Ich wage nicht zu sagen, wie mein Urteil über Bamberg ausfiele, befände ich mich jahrein jahraus, Tag für Tag in der Bischofsstadt. Noch nie verbrachte ich länger als zwei Wochen am Stück hier, vielleicht mag dies mit ein Grund dafür sein, warum ich immer wieder gerne zurückkomme.

Man kann hier gut und in Ruhe leben. Und genauso wichtig: Es läßt sich hier auch gut und in Ruhe arbeiten; Ablenkungen sind überschaubar gering und erleichtern die Konzentration auf die Arbeit, sei sie nun literarischer oder wissenschaftlicher Natur. Womit nicht gesagt sein soll, daß Bamberg keine Szene besäße und kulturell nichts zu bieten hätte. Im Gegenteil, der Heimatstadt der weltbekannten Bamberger Symphoniker derartiges zu attestieren, wäre verfehlt. Aber sie ist eben keine Großstadt wie Berlin, München, Frankfurt oder Hamburg. Dafür läßt sich der Alltag mit weniger Adrenalinschüben bewältigen als in Hamburg und anderen Städten.

Wenn von Bamberg die Rede ist, werden zunächst die bekanntesten Sehenswürdigkeiten der Stadt genannt: Der Bamberger Dom, in dessen Westchor sich das Grab des erwähnten Papstes Clemens II. befindet, das einzige Papstgrab nördlich der Alpen. Oder die berühmteste Plastik des Doms, der legendäre Bamberger Reiter, der bis heute nicht eindeutig einer historischen Person zugeordnet werden konnte. Wegen seiner vermeintlich geringen Größe enttäuscht dieses Meisterwerk der Bildhauerei nicht wenige Besucher beim ersten Betrachten. Auch Klein-Venedig gehört zu den Sehenswürdigkeiten, die häufig genannt werden: diese scheinbar aus dem Bilderbuch entsprungene, farbige und romantische Häuserzeile am linken Regnitzarm mit ihren kleinen Gärten, spitzen Dächern, zahlreichen Gauben und winzigen Fenstern. Oder aber das einzigartige Bamberger Rauchbier, das offensichtlich für (fast) alle Reisegruppen obligatorisch ist. Mag die Zeit noch so knapp sein, sie finden stets den Weg in das berühmte Schlenkerla in der Oberen Sandstraße. Da schon vom Alkohol die Rede ist: Bamberg ist zweifellos ein Mekka für Wein- und Biertrinker. Im Bamberger Umland gibt es zahlreiche kleine Ortschaften und Dörfer ohne Kirchen, aber mit alteingesessenen Brauereien, und so manche Gaststätte in und um Bamberg schenkt ihr eigenes Bier aus.

Was die wenigsten wissen und kaum ein Besucher erahnt: Bamberg ist auch ein Mekka der Orientalisten. Hier, an der überschaubar kleinen Otto-Friedrich-Universität, hat das Institut für Orientalistik in einem restaurierten Fachwerkhaus aus dem Jahre 1522, das einst dem Stadtphysikus als Wohnhaus diente, seinen Platz. Unter einem Dach vereint, befinden sich hier unter anderem Lehrstühle für Türkische Sprache, Geschichte und Kultur, für Neuindische Philologie, für Iranistik und für Arabistik und geben der Universität ein ungewöhnliches Flair. Das Angebot der Lehrveranstaltungen ist breit gefächert. Man kann Vorlesungen über die islamische Geschichte der Moderne im 20. Jahrhundert verfolgen, etwas über die Entwicklung des türkischen Pressewesens hören, aber auch Interessantes über die hypostyle Hofmoschee in der frühen Abbasidenzeit erfahren oder einen Überblick über die neuindoarischen Sprachen erhalten. Nebenbei lassen sich hier so ausgefallene Sprachen wie Althethitisch, Neuuyghurisch, Alttürkisch, Hindi, Tadschikisch und viele andere erlernen. Die Popularität dieses Instituts in wissenschaftlichen Kreisen ist in erster Linie den zahlreichen Aktivitäten der Fachvertreter zu verdanken. Sie haben in den Anfangsjahren des Instituts unermüdlich die Aufgabe übernommen, die eigentlich den Mitarbeitern des Fremdenverkehrsamtes zugestanden wäre: Bamberg als Studien- und Forschungsort der Orientalistik national wie international bekannt zu machen. Im Wintersemester 1986 kam ich als einziger Student an das Institut und wurde am Rande einer kleinen Feier dem Dekan als *»die Neuerwerbung aus Norddeutschland«* vorgestellt.

Schmunzelnd erinnere ich mich an ein Schlüsselerlebnis in meinen ersten Bamberger Tagen, eine Rite de passage in die oberfränkische Kultur. In Bamberg angekommen, fand ich eine vorübergehende Unterkunft bei der Freundin eines guten Freundes von mir. Margret wohnte idyllisch in einem von Bäumen umgebenen alten Haus am Hang des Abtsberges. Bemerkenswert war nicht nur ihre ungemein herzliche Gastfreundschaft, sondern auch ihre starke Abneigung gegen Türen. In ihrer Wohnung hatte sie alle Türen ausgehängt, nur die von der Gästetoilette nicht. Es waren meine ersten Tage an der Universität. An den Abenden unterhielt ich mich stundenlang mit Margret, die mit Rat und Tat nicht sparte. Sie stellte mich in ihrem Freundeskreis vor, und binnen kurzer Zeit fand ich Anschluß an junge Bamberger.

Eines Nachmittags, es war Samstag und schönes Wetter, füllte Margret alles, was sie in ihrem Kühlschrank vorfand, in einen riesigen Picknickkorb, und wir fuhren zusammen mit ihren Freunden *»auf'n Keller«*. Auf dem

Parkplatz nahm ich Margret den schweren Korb ab. Aber ich kam nicht weit, stoppte nach wenigen Schritten. Beschämt darüber, in eine Gaststätte mein eigenes Essen mitzubringen, traute ich mich keinen Schritt weiter. Wie gelähmt stand ich an der Eingangspforte zum Biergarten und die anderen um mich herum. Wie oft ist schon von einem Kulturschock bei Ausländern die Rede gewesen, wie oft schon haben gescheite Soziologen den Versuch unternommen, den Prozeß im Kopf türkischer Gastarbeiter zu analysieren, die erstmals in ihrem Leben ihr Dorf verließen und im Flugzeug, dem stählernen Vogel, nach Deutschland kamen. Dies hier war ein Kulturschock völlig anderer Art, einer innerhalb Deutschlands. Aus dem hohen Norden kommend, war dies mein erster Eintritt in die Bamberger Kellerkultur. Margret nahm mir den Korb ab und legte ihren Arm um meine Schulter. Lachend nahmen uns die anderen in ihre Mitte, und gemeinsam zogen sie mich in den Biergarten.

Viel später erst erfuhr ich, wie der Begriff *»auf'm Keller«* entstanden ist. Das Ganze nahm seinen Anfang mit der Erfindung des untergärigen Biers, das im Gegensatz zum obergärigen bis zu zehn Monaten haltbar war. Die Brauer, die sich auf die Suche nach zusätzlichen Lagermöglichkeiten begaben, fanden eine gute Lösung in den unterirdischen Stollen, die zumeist außerhalb der Siedlungen angelegt wurden und eine Kühlung des Bieres gewährleisteten. Es kam, wie es kommen mußte: Das eingelagerte Bier wurde im Sommer an die Wanderer und Spaziergänger direkt *»ab Keller«* ausgeschenkt und führte nach 1830 zu einem regelrechten Kellerboom. Demzufolge blicken manche der Keller und Biergärten auf eine über 160jährige Geschichte zurück.

Ohne allzu überschwenglich klingen zu wollen: Für ein Nordlicht wie mich, zwar mit deutscher Jugend, aber mit türkischem Blut in den Adern, sind die Keller und

Biergärten angenehme Erscheinungen des Lebens in Bamberg. Diese Feststellung treffe ich nicht ausschließlich unter dem Gesichtspunkt der alkoholischen Freuden.

Hier *»auf'm Keller«* herrscht eine ausgelassene, fröhliche Stimmung. Familien kehren mit Kind und Kegel ein, manche bringen ihre Brotzeit und auch ihre Bierkrüge mit, verschönern ihre Tafel mit einer Tischdecke aus dem Picknickkorb. Andere tun sich gütlich an den zumeist deftigen Speisen des Wirts, Kinder spielen und balgen herum. An manchen Tischen wird Karten gespielt, an anderen lebhaft diskutiert, und ehe man sich versieht, bricht die Nacht herein.

Ein ruhiger, im Grünen gelegener Keller unter hohen, schattenspendenden Bäumen an einem Sommerabend vermittelt eine fast mediterrane Atmosphäre. Wenn man sich die riesigen Bierkrüge, die typischen Klappstühle und Holzbänke wegdenkt und an ihre Stelle kleine Kohlegrills, Backgammon-Spiele und dampfende Teesamovare hinsetzt, fühlt man sich auf den großen Picknickplatz am Rande des Seyhan-Stausees bei Adana versetzt oder aber in den Atatürk-Park im unweit gelegenen Mersin am Mittelmeer.

Die Menschen in Oberfranken und mit ihnen die Bamberger scheinen mir herzlicher und aufgeschlossener, als ich es aus meinem Leben in Stade gewöhnt war. Kann ich diesen Satz einfach so stehen lassen? Ist es nicht ungerecht gegenüber den Freunden und Bekannten, mit denen ich die Kindheit und Jugend in Norddeutschland verbrachte? Versuche ich es also etwas diplomatischer: Viele Menschen, denen ich im Laufe eines Tages begegne, ob auf dem Markt, in der Bäckerei, in der Bank oder aber im Bus, wirken ausgelassener, offener, herzlicher. Sie gehen vieles im Alltag ruhiger an und schätzen die Gemütlichkeit. Liegt es am südlichen Klima? An der Tatsache, daß sie im Frühjahr und Sommer sehr viel Zeit im Freien verbringen? Wer an einem lauen Sommerabend durch die Sandstraße im Herzen der Bamberger Altstadt schlendert, wird sehen, was ich meine. Als Bayern im Sinne unseres norddeutschen Klischees fühlen sich die Bamberger nicht. Sie legen Wert darauf, Oberfranken zu sein, und wollen auf keinen Fall mit dem Rest des Freistaats in einen Topf geworfen werden. Ihre Heimat ist Bamberg und nicht Bayern.

Über den Begriff »Heimat« ist vor allem von ausländischen Schriftstellern häufig geschrieben worden. Viel wurde mit Symbolen und Metaphern variiert, um dieses gewisse seelische Befinden in Worte zu fassen. Zahlreiche literarische Definitionen und Schilderungen wurden angeführt. Irgendwann im Laufe der Jahre ging ich dazu über, meine Heimat, mein Zuhause, in ein Bündel zusammenzuschnüren und auf meine Reisen mitzunehmen. Dies geschah in der Phase meines Lebens, in der es mir endlich gelungen war, den schmerzhaften Riß mitten durch meinen Körper und Geist zu überwinden. Ich wollte nicht mehr hin- und hergerissen sein zwischen zwei Welten, wollte nicht mehr orientierungslos leiden. Stattdessen wollte ich sowohl Türke als auch Deutscher sein und mein Zuhause stets mit mir herumtragen. Diese Einstellung verwirrt viele Leute, die mit mir zu tun haben, denn die meisten Menschen haben die Angewohnheit, andere in Schubladen zu stecken. Ich hingegen passe weder in die deutsche noch in die türkische.

Aber wenn ich an einem sonnigen Vormittag auf meinem Fahrrad in die Stadt fahre, am Hotel Altenburgblick vorbei, die Panzerleite hinunter, durch den Domgrund hinter den mächtigen Türmen des Doms, entlang der alten Mauer am Vorderen Bach auf die Schranne zufahre, und wenn ich schon von weitem die Scharen der Touristen in der Altstadt sehe, die voller Begeisterung alte

Gebäude betrachten und mir spätestens auf der Unteren Brücke den Weg versperren, alle Augen auf die mild lächelnde Heilige Kunigunde oder auf Klein-Venedig gerichtet, dann spüre ich doch, daß ich mein Bündel hier in Bamberg ausgepackt habe. Und manchmal kommt ein fast heimatliches Gefühl auf: Hier befindet sich ein guter Teil meines Zuhauses, und hier gibt es Fremde, die mir in meiner Stadt im Wege stehen.

Reisen im Lande Atatürks

Nach der Einreise in die Türkei führen die ersten Schritte immer zu einem Betrug. Sie können es mir glauben, ich spreche aus eigener Erfahrung. Vergessen Sie alles, was Sie bisher über die sogenannte türkische Gastfreundschaft gehört haben. Das ist alles Lug und Trug, Märchen aus Tausendundeiner Nacht.

Ich wage sogar zu behaupten, daß Sie im Lande Atatürks auf Schritt und Tritt betrogen werden – wenn Sie ein Türke sind. Aber nicht etwa ein Türke, der in der Türkei lebt, also ein türkischer Türke, sondern wenn Sie einer der sogenannten Auslandstürken sind. Von denen gibt es mehr als genug, immerhin über zwei Millionen allein in Deutschland.

Diese Deutschlandtürken reisten früher in den Sommermonaten mit dem Auto in die Heimat. Die meisten Familien sparten sich die Urlaubstage von zwei Jahren auf, damit sich der Aufenthalt lohnte. Schon Wochen vorher begannen die Vorbereitungen, wurden Geschenke gekauft, Koffer gepackt. Und alle machten sich gleichzeitig bei Ferienbeginn auf nach Anatolien. Bei dieser Gelegenheit schlugen sie entlang der Europastraße 5 den größten Basar der Welt auf und hinterließen danach die längste Müllkippe der Menschheitsgeschichte. Damals spielte sich der betrügerische Empfang bei der Einreise in mehreren Etappen ab. Wenn sie Bulgarien glücklich hinter sich gelassen hatten und mit feuchten Augen den türkischen Grenzübergang in Kapıkule anfuhren, kam sofort ein Typ winkend auf das Auto zugelaufen. Er würde sie in die einzig richtige Wagenreihe lotsen. Mit beruhigenden Worten stellte er eine schnelle Abfertigung am Zoll in Aussicht.

»Landsmann, vertraue mir. Ich erledige alles für dich. Fahre in diese Reihe und sorge dich nicht«, waren die Standardversprechen dieser Zuträger an die Adresse der übermüdeten Fahrer. Für dieses hoffnungsvoll stimmende Versprechen zeigte sich der abgekämpfte Familienvater erkenntlich – in der Regel mit einem Zwanzigmarkschein. Je nach Tageszeit und Andrang konnte es eine gehörige Weile dauern, bis man mit dem vollbeladenen Wagen zu den Hauptpersonen der Zollabwicklung gelangte. Zumeist handelte es sich im weiteren Verlauf um eingespielte Rituale, die stets auf die gleiche Weise vollzogen wurden. In langen Jahren türkischer Migrationsgeschichte waren sie inzwischen von beiden Seiten glänzend einstudiert. Der Dreh- und Angelpunkt dieser Rituale bestand aus der dezenten Übergabe einer Geldsumme, die schon von Karl May treffend als Bakschisch bezeichnet wurde.

Es gab mehrere Methoden, wie die deutschen Banknoten ihren türkischen Besitzer wechselten. Am beliebtesten, weil am schnellsten, war die »Inspektionsvariante«. Der Zollbeamte klopfte mit einem Schlagstock die Karosserie ab, gab dann vor, einen inspizierenden Blick in den Wagen zu werfen. Er beugte sich mit dem gesamten Oberkörper in den Wagen und nahm dabei das Geld an sich. Gerne baten die Beamten den armen Familienvater auch in ein kleines Büro, um angeblich die Unterlagen in Ruhe am Schreibtisch prüfen zu können.

Bei den alten Hasen, die die Transbalkantour durch Österreich, Jugoslawien und Bulgarien in Richtung anatolischer Heimat schon mehrfach gefahren waren, erfreute sich auch die »Reisepaßvariante« großer Beliebtheit. Hierbei galt es, den Umfang der Reisepässe um einige Seiten in Form von deutschen Geldscheinen zu erweitern, vornehmlich den des Familienoberhauptes, welcher in diesem Fall ausnahmsweise zuunterst lag.

Der Ablauf dieser Rituale am Grenzübergang konnte sich auch in die Länge ziehen, wenn das heimlich erteilte Bakschisch nicht den Erwartungen der Zollbeamten entsprach. Es folgte eine mürrische Frage, ob sich denn im Wagen und in den Koffern wirklich nichts befand, was zu verzollen sei. Wer diesen Wink nicht zu deuten verstand, wurde zunächst fast behutsam zurechtgewiesen. Meistens durch eine lapidar hingeworfene Bemerkung: Ein Entladen des vollgestopften Wagens und des Dachgepäckträgers erscheine notwendig, ein gesetzlich vorgeschriebenes Inspizieren des gesamten Gepäcks unumgänglich. Deswegen solle der Einfachheit halber der Wagen zur Seite gefahren werden, um den nachfolgenden Verkehr nicht unnötig für die nächsten fünf Stunden aufzuhalten. An dieser Stelle wurde es allerhöchste Zeit, durch diplomatisches Nachfragen in Erfahrung zu bringen, wieviel noch zu einer zufriedenstellenden Bakschischsumme fehle. Es war angebracht, dem Beamten diesen Betrag unverzüglich und unauffällig zuzustecken, am besten mit einer unterwürfigen Geste der Entschuldigung und der Beteuerung, daß man die Gepflogenheit nicht kenne.

Die unerfahrenen Arglosen aber, die vielleicht zum ersten Mal die Grenze passierten und, dem sehnsüchtigen Ruf der Heimat folgend, den Ratschlägen der alten Hasen auf den Parkplätzen entlang der Türkeikarawane keine Beachtung geschenkt hatten, fuhren ihren Wagen wütend auf die hierfür vorgesehene Parkfläche. Doch sie waren noch nicht gänzlich verloren, denn der türkische Zollbeamte hat auch ein Herz für Anfänger.

Während die Familienväter sich mißmutig und kopfschüttelnd anschickten, die tausendfach verknoteten Leinen der riesigen, selbstkonstruierten Dachgepäckträger zu lösen, erhielten sie von einem anderen Zöllner einen letzten Wink mit dem Zaunpfahl. Von ihm erfuhren sie, daß sie sich die ganze Arbeit ersparen und um viele Stunden früher ihre Heimatstädte erreichen könnten, wenn sie nur einen kleinen Obulus entrichten würden. Natürlich liege dieser veranschlagte Betrag um einiges höher als der ursprünglich vorgesehene. Schließlich sei auch seine Person inzwischen in den Vorgang involviert. Der erleichtert aufatmende Familienvater gewann seinen Glauben an die gute, alte türkische Bestechlichkeit zurück, zahlte mit Freude den geforderten Betrag und fuhr schleunigst los.

In der Regel kam er nur einige hundert Meter weit. Dann stoppte ihn ein zweitklassiger Abstauber, um die Brosamen zu kassieren. Er beglückwünschte den schweißüberströmten Familienvater zu der schnellen Abfertigung. In Zusammenarbeit mit dem empfangenden Zuträger habe er für einen reibungslosen Ablauf gesorgt. Auch hier galt es, so kurz vor dem Ende nicht die Nerven zu verlieren, einen Zwanziger zu zücken und alsbald auf das Gaspedal zu treten.

Gelegentlich kam es vor, daß nach vielen Kilometern plötzlich Polizisten das vollbeladene Fahrzeug anhielten. Zunächst wurde der Wagen mit langsamen Schritten umkreist. Dann folgte die mißtrauische Frage an die schwitzende Familie, ob sie denn an der Grenze nichts zu verzollen gehabt hätten. Dieses beliebte Spielchen macht sich das Obrigkeitsdenken und die Angst der Türken vor der Allmacht ihrer eigenen Polizeikräfte zunutze. Es führt dazu, daß kleine Gefälligkeitsgeschenke an die Polizisten verteilt werden. Die Gläubigen betrachten sie als kleine Opfergaben aus Freude über die wohlbehaltene Ankunft in der geliebten Heimat. Die Cleveren haben für solche Fälle stets zwei Flaschen billigen Weinbrand parat, die sie als guten Whiskey ausgeben. Dann also sind sie wirklich in der Türkei angelangt.

Diese Rituale gehören längst der Vergangenheit an, sehr zum Leidwesen der Zöllner in Kapıkule, den ehemals reichsten Beamten der Türkischen Republik. Der Krieg in Jugoslawien hat dazu beigetragen, daß die Türkeikarawane zum Erliegen kam. Viele Deutschlandtürken reisen heute auf anderen Wegen in das sonnige Anatolien, in erster Linie mit dem Flugzeug.

In der Türkei angekommen, befällt uns in den ersten Stunden ein sonderbares Gefühl der Fremdheit. Eine eigenartige Stimmung, die sich wie eine Nebeldecke auf unsere Schultern legt. Die Ursachen für diesen Zustand der Benommenheit sind vielfältiger Natur. Auch emotionale Gründe, die auf uns einwirken, zählen dazu. Nach vielen Monaten, vielleicht auch nach langen Jahren, sind wir zum ersten Mal wieder im märchenhaften Brückenland zwischen Orient und Okzident. Die Freude, wieder türkischen Boden zu betreten, führt einen derart unkontrollierten Adrenalinschub herbei, daß manchem von uns das Hirn benebelt wird.

Neben diesen biologischen Phänomenen wirken auch genügend äußere Faktoren auf uns ein. Die brütende Hitze, die uns schon beim Verlassen des Flugzeuges entgegenschlägt, das landestypische Gedränge, in das wir bereits auf der Rolltreppe in der Ankunftshalle geraten, der Abfall und Dreck, der überall herumliegt und unsere empfindlich gewordenen Augen traktiert, der ohrenbetäubende Lärm auf den Straßen, ein Gemisch aus Motoren, Hupkonzerten und Flüchen - das alles prasselt innerhalb kürzester Zeit auf uns ein.

Aber schlimmer noch sind die furchterregenden Preise, die uns abverlangt werden. Die ständig steigenden Beträge sind für uns Markverwöhnte unbegreiflich und jagen uns einen Schrecken ein. Das einzige, was in der Türkei eine stetig hohe Geschwindigkeit an den Tag legt, ist die Inflationsrate. Die astronomisch hohen Beträge, die wir gleich nach unserer Ankunft zu hören bekommen, verwirren uns. Kaum in der Türkei angelangt, werden wir Deutschlinge, mögen wir in der Heimat Boris Beckers auch nur Sozialhilfeempfänger sein, allesamt zu Multi-Millionären, was erzähle ich, es ist gar kein Problem, auf Anhieb sogar Milliardär zu werden. Kein Kunststück bei dem Wechselkurs der türkischen Lira zur Mark – schon seit Jahren neben dem Dollar die eigentliche Währung des Landes.

Daß diese erschreckend hohen Preise für uns noch eine beträchliche Spur höher werden, verdanken wir nicht zuletzt unserer Sprache, die uns sofort als Auslandstürken entlarvt. Sobald wir den Mund aufmachen, bemerken unsere Gegenüber, daß wir keine armen einheimischen Landsleute sind. Das motiviert wohl viele dazu, uns das Fell über die Ohren zu ziehen. In den Köpfen vieler türkischer Türken gilt Deutschland immer noch als ein Paradies und die dort lebenden Landsleute als goldene Gänse, die es zu rupfen gilt.

Der erste Betrug findet, wie sollte es anders sein, am Ort unserer Ankunft statt: am Flughafen. Tausendundeine Geschichte könnte ich erzählen über meine Erlebnisse an türkischen Flughäfen. Doch ich begnüge mich mit einer Perle der türkischen Betrugskunst, mit einem der simpelsten und gleichzeitig raffiniertesten Tricks, mit denen ich übers Ohr gehauen wurde.

Am Flughafen in Dalaman verkaufte man mir am Postschalter eine Telefonkarte für die erkleckliche Summe von 50 000 Lira. Ich führte am Flughafen ein Telefonat und teilte Freunden meine Ankunft mit. Das war das einzige Gespräch, das mir mit dieser Telefonkarte gelang. Es handelte sich um eine Karte für veraltete Kartentelefone, die längst abgeschafft und durch neue ersetzt worden waren. Nirgendwo sonst während meines Aufenthaltes in der Türkei fand ich einen Apparat, der dieses alte Kartenformat annahm. Man merke sich: Der Türke ist in seinem Charakter von Grund auf geschäftstüchtig und wittert geschickt jede sich ihm bietende Chance. Wenn er auch nicht aus Stein Gold zu machen vermag, an einem alten Kartentelefon verdient er sich allemal eine goldene Nase!

Kaum verließ ich das Flughafengebäude, tappte ich in die nächste Betrugsfalle: Ich nahm ein Taxi. Vom Flughafen bis zum Busbahnhof der kleinen Ortschaft Dalaman beträgt die Entfernung knapp vier Kilometer. Der Taxifahrer fuhr mich in solch rasantem Tempo dorthin, daß ich nicht einmal die Farbe der Ampeln erkennen konnte. Am Busbahnhof angekommen, verlangte er 60 000 Lira. Trotz der Inflation schien mir dies eine exorbitant hohe Summe für die lächerlich kurze Fahrt zu sein. Doch so fremd und unsicher, wie ich mich als frischer Ankömmling fühlte, kam eine Diskussion, geschweige denn ein Feilschen um den Fahrpreis nicht in Frage, zumal mein Koffer sich noch hinten im Wagen befand. Der Fahrer trat ungeduldig auf das Gaspedal und blies mir den Rauch seiner Zigarette ins Gesicht. Also zahlte ich unwillig und innerlich fluchend. Daß er mich übervorteilt hatte, war klar, doch um wieviel er mich betrogen hatte, wurde mir erst im Büro der Busgesellschaft Koç deutlich. Ich zahlte für die 400 Kilometer lange Strecke von Dalaman nach Izmir in einem modernen Bus einer der angesehensten Busgesellschaften die gleiche Summe. Zähneknirschend.

Lassen Sie mich ein wenig über Bücher erzählen, mit meinen Erlebnissen auf diesem Markt könnte ich ganze Bände füllen. Als ich noch studierte, bestellte ich gelegentlich Bücher aus Istanbul. An ein osmanisch-englisches Wörterbuch kann ich mich noch sehr gut erinnern, zumal mein Professor, ein wandelndes Lexikon auf zwei Beinen, mir dringend riet, dieses lebenswichtige Werk zu besitzen. Die Buchhandlung schickte es mir nach Bamberg und ich überwies das Geld. Soweit so gut. Zwei Jahre später ergab es sich, daß ich in diese Buchhandlung am Rande des großen Basars in Istanbul ging und beim Herumstöbern zufällig ein Exemplar des Wörterbuchs in die Hände bekam. Der Preis verschlug mir die Sprache: Obwohl zwei Jahre Inflation und diverse Preissteigerungen ins Land gezogen waren, betrug er immer noch ein Viertel dessen, was mir damals berechnet worden war. Mit einem Gesicht, das von Überraschung, Entrüstung und Kränkung gezeichnet war, verließ ich diese Buchhandlung, um sie nie wieder zu betreten. An jenem Tag schwor ich mir, türkische Bücher nur noch persönlich zu kaufen.

Aber auch da scheint dem Betrug Tür und Tor geöffnet zu sein. In einem Verlag in Ankara machte ich die seltsame Erfahrung, daß Preisauszeichnungen offensichtlich nicht für junge Türken gelten, die im Ausland studieren. Ein Freund vom Goethe-Institut hatte mich dorthin empfohlen. Für die von mir ausgewählten Bücher berechnete ich insgesamt 280 000 Lira. Ich hielt das Geld bereit, in der gespannten Erwartung, wieviel Ermäßigung der Verleger mir wohl einräumen würde. Denn immerhin sparte er sich den Buchhandelsrabatt, und außerdem benötigte ich keine Quittung. Umso überraschter war ich, als der Verleger 450 000 Lira verlangte. Vielleicht handelt es sich um ein Mißverständnis, dachte ich, nahm das oberste Buch von meinem Stapel und kontrollierte den Preis.

»Wieviel kostet dieses Buch?« fragte ich, um mich zu vergewissern.

»90 000 Lira«, antwortete er ohne zu zögern.

Ich zeigte auf das Preisetikett. »Aber hier steht doch 60 000 Lira«.

»Das ist der alte Preis«, war seine knappe Antwort.

»Und dieses hier?« fragte ich nach dem zweiten Buch im Stapel.

Um es kurz zu machen: Alle Bücher waren angeblich noch mit den alten Preisen ausgezeichnet. Und auf meine Frage, warum noch nicht die neuen Preise angebracht worden waren, hatte er eine umwerfende Antwort parat: »Wir sind noch nicht dazu gekommen«.

Bleiben wir noch eine Weile bei Büchern. Ich will Ihnen verraten, wie sehr Sprache und Akzent Einfluß auf die Preisgestaltung ausüben können. Ja, Sie lesen richtig, ich weiß genau, wovon ich rede. Und wenn Sie mich hören würden, könnten Sie einen norddeutschen Dialekteinschlag erkennen. Mit diesem Dialekt hatte ich mich bei einem Buchhändler im asiatischen Teil Istanbuls sofort in der Schublade des Deutschlandtürken eingenistet. Dieses Mal handelte es sich um einen sehr guten Freund meines türkischen Professors, einer Koryphäe auf dem Gebiet der Sprachwissenschaft. Als gebranntes Kind trank ich vorerst nur Tee in seinem Laden und erkundigte mich nach dem Preis eines achtbändigen Lexikons. Ohne dieses Nachschlagewerk sei mein gesamtes Studium völlig sinnlos, so predigte jedenfalls mein Professor. Am nächsten Tag bat ich meinen Freund Ilyas, einen Inlandstürken mit gutem Istanbuler Akzent, in der Buchhandlung anzurufen und nach dem Preis des Lexikons zu fragen. Der Preis für ihn betrug knapp ein Drittel von dem, was dieser Buchhändlerfreund von mir verlangt hatte. Da lobe ich mir doch die gute alte Buchpreisbindung in Deutschland, die den Bayern den gleichen Preis garantiert wie den Ostfriesen.

Was könnte ich Ihnen noch alles erzählen aus dem Land der orientalischen Gastfreundschaft und des Döner-Kebap. Doch all diese unangenehmen Erfahrungen gehören längst der Vergangenheit an. Vorbei ist die Zeit des Betrogenwerdens auf Schritt und Tritt. Vorbei die Zeit, als mein Urlaubsgeld wie Schnee in den Händen dahinschmolz.

Wie das kommt? Ein simpler Trick, meine »Ausländer-Methode«, verhilft mir dazu. Das ist ganz einfach und funktioniert wie geschmiert: Ich verhalte mich als Ausländer und spreche eine Fremdsprache. Ja, Sie lesen richtig, ich lasse den Türken in mir einen Türken sein und kehre den ausländischen Touristen heraus! Sie glauben es kaum, welche Wirkung Sie damit erzielen können. Das Betrogenwerden hat ein Ende, und mehr noch, Sie übertreffen sogar die einheimischen Türken! Sie werden hofiert, Sie sind ein Pascha!

Ein nächtliches Schlüsselerlebnis vor einigen Jahren in Istanbul brachte mich auf den richtigen Pfad. Ich saß in einem Taxi auf dem Weg zu meinem Hotel, als wir in eine Militärkontrolle hineingerieten. Die zackigen Befehle des Soldaten kamen laut und herrisch: »Aussteigen!«, »Ausweis vorzeigen!«, »Umdrehen!«, »Arme über den Kopf!« Wie gewöhnlich sollte auch das Gepäck inspiziert werden. Militärkontrollen kannte ich. Zur Zeit des Bürgerkriegs Ende der 70er Jahre war ich oft hineingeraten. Aber nie in der Nacht. Nie in Istanbul. Und nie mit solch gefährlichem Material in meiner Tasche. Ich recherchierte gerade über die Minderheitenpolitik in der Türkei und hatte einige Bücher über Kurden bei mir. Damals Grund genug, um auf der Stelle verhaftet zu werden.

Doch was geschah an jenem schicksalhaften Abend? Aus einer Eingebung heraus sprach ich kein Wort, zeigte nach dem Aussteigen lediglich meinen deutschen Reisepaß vor. Als hätte er eine heiße Kartoffel in der Hand, gab der Soldat ihn mir sofort wieder zurück und raunte mir ein »Sorry, Sir« zu. Er keifte den »Hurensohn von Taxifahrer« giftig an, warum er denn nicht gleich gesagt hätte, daß der Fahrgast Ausländer sei und verpaßte ihm noch eine saftige Ohrfeige. Sein Kamerad ließ sofort von meiner Tasche auf dem Rücksitz ab, lud mich mit einer einladenden Geste zum Platznehmen ein und trieb den verdutzten, diesmal als »Sohn eines Esels« beschimpften Taxifahrer an, schleunigst weiterzufahren.

Als sich meine Verblüffung legte und mein Herz wieder normal schlug, betrachtete ich dieses Erlebnis nüchtern. In jener Nacht kam ich zu einer Erkenntnis, die mir noch sehr hilfreich sein sollte. Ich entdeckte einen elementaren Unterschied zwischen der Türkei und Deutschland. In Deutschland wird man wie Dreck behandelt, weil man ein Ausländer ist, in der Türkei hingegen scheint es genau umgekehrt zu sein, hier ist man als Ausländer König. Ich entschloß mich, diesem Umstand einen positiven Aspekt abzugewinnen.

Daraus entwickelte ich meine »Ausländer-Methode«. Richtig angewandt, führt sie überall in der Türkei zu grandiosen Erfolgen.

Wenn es um das Betreten von Gebäuden oder um das Passieren von Kontrollen geht, beachten Sie kein Wort von dem, was Ihnen gesagt wird, reden Sie in einer Fremdsprache und Sie werden mit Sicherheit durchgewunken. Mittlerweile habe ich diesen Trick verfeinert und weiter ausgebaut. Es klappt immer! Sie können Gift darauf nehmen. Denn die Leute, die auf solchen Pöstchen sitzen, sind Anatolier, die selbst ihre eigene Muttersprache nicht richtig beherrschen, geschweige denn eine Fremdsprache. Besonders an den Flughäfen, den ehemaligen Orten meiner tiefsten Demütigungen, bietet sich eine gute Möglichkeit, diesen Trick anzuwenden. Eine klassische Szene: Nach der Ankunft in Izmir hole ich mein Gepäck ab und marschiere schnurstracks auf den Ausgang zu. Der Zollbeamte stoppt mich und fragt, ob ich etwas zu verzollen hätte. Ein in deutscher Sprache arrogant hingeworfenes »Was wünschen Sie bitte?« bewirkt, daß er mich mit einem »Yes, yes, go please« einfach durchwinkt. Was wollen Sie mehr?

Die »Ausländer-Methode« garantiert einen Service, den die Türken ihren eigenen Landsleuten nicht zukommen lassen. Bleiben wir am Flughafen und wechseln wir die Sprache. Daß man das träge Personal von Turkish Airlines mit flüssigem Englisch auf Trab bringen kann, habe ich mit tiefer Genugtuung und Freude in Ankara erfahren können. Eine Türkin fragte nach einem aktuellen Winterflugplan und wurde mit einer kurzen, negativen Antwort abgewiesen. Adrett gekleidet trat ich heran, Trenchcoat, Hut und Aktenkoffer, fragte nicht, sondern verlangte auf Englisch. Und siehe da: Die Dame stand auf, verließ ihr Informationshäuschen, ging zu einem Schalter am anderen Ende der Abflughalle, kramte aus einer Schublade ein Exemplar hervor, kam zurück und überreichte mir den »timetable« mit einem Lächeln und einem sprachlich falschen »Here please, Sir.«

Sie wollen erfahren, warum meine »Ausländer-Methode« so gut funktioniert? Bei näherer Betrachtung ist das ganz einfach und verständlich. Sie müssen wissen: Wer eine Fremdsprache spricht, ist ein Ausländer, wer aus dem Ausland kommt ist ein Tourist, und wer ein Tourist ist, der bringt harte Währung ins Land. Kurz gesagt: Ein Tourist ist ein potentieller Devisenlieferant, den es gut zu behandeln gilt.

Die Türken werden immer wieder von ihrem Tourismusministerium dazu ermahnt, nett, höflich, hilfsbereit, zuvorkommend zu den Touristen zu sein und sie um jeden Preis gut zu behandeln.

Der Staatspräsident hält zu Beginn der Sommersaison eine öffentliche Ansprache, die im Fernsehen und auf allen Radiostationen live übertragen wird. Er predigt seinen Landsleuten, den ausländischen Touristen mit Respekt und Achtung zu begegnen. Keine Anstrengung solle gescheut werden, um die Wünsche der Touristen zu erfüllen, ihnen einen guten Aufenthalt zu bescheren. Am folgenden Tag eröffnen die Tageszeitungen die Saison und geben in dicken Lettern die Slogans aus: Türke, sei stolz und fleißig! Diene den Touristen und schlachte die goldene Devisen-Gans nicht!

Je mehr Dollar und Deutschmark in das Land kommen, umso besser. Die türkische Währung zählt sowieso nicht mehr. Die Inflationsrate wird von der Regierung immerzu beschönigt. Nur ein Bruchteil der wirklichen Höhe wird angegeben. Um das wahre Ausmaß zu erfahren gibt es zwei Möglichkeiten: Entweder Sie kaufen sich den türkischen Parlamentsanzeiger oder Sie gehen auf eine öffentliche Toilette an einer beliebigen Autobahnraststätte. Die Preisteigerung für diese beiden wichtigen Dinge ist der einzige verläßliche Indikator für die reale Höhe der Inflationsrate!

Nach der Rede des Staatspräsidenten werden in allen Städten an der Mittelmeerküste Plakate und Transparente aufgehängt. Überall ist zu lesen, daß die Touristen der Türkei eine goldene Zukunft garantieren. Was immer es auch an persönlichem Engagement kosten möge, die Wünsche der Touristen sollen erfüllt werden. Für die nationalen Interessen sei eine gute Behandlung der Touristen von ungeheuerer Wichtigkeit! Ich bin der Nutznießer dieser Parolen und genieße dieses Phänomen, wo immer es geht.

Bereits auf dem Flug in die Türkei läßt sich die Wirkung beobachten. Vorbei sind die Zeiten, als die staatliche Fluggesellschaft den Ruf einer »Never-Come-Back-Airline« genoß. Heute wirbt die Turkish Airlines in großformatigen Anzeigen und prahlt, daß sie die jüngste Flugzeugflotte der Welt besitze. Der Vorstand von Turkish Airlines hat in den letzten Jahren Dutzende von neuen Flugzeugen gekauft. Es hält sich hartnäckig das Gerücht, daß er von jedem Kauf eine heimliche Provision von acht Prozent erhalten habe. Sie können sich ausrechnen, wieviel Geld in die Taschen geflossen ist, wenn schon ein einziger Airbus über 300 Millionen kostet, Dollar natürlich.

Die bildhübschen Stewardessen sind der vielen Landsleute überdrüssig, die vielleicht zum ersten Mal fliegen, die sich nicht in die richtigen Reihen setzen, weil sie nicht wissen, was eine »boarding card« ist, oder, wenn sie es wissen, ihren Platz nicht finden, weil sie nicht lesen können. Sie sind genervt von den unhandlichen Kartons, Kanistern und Kisten, den Säcken und riesigen Tragetaschen, die ihre Landsleute in das Flugzeug mitschleppen. Sie sind gereizt von den alten Opas und Omas, die sie immerzu im Dorfdialekt mit »meine Tochter« oder »Töchterchen« ansprechen. Sie reagieren auch uns Auslandstürken gegenüber entsprechend kurz angebunden, geradezu unhöflich. Wenn ich aber mit einem Lächeln ein leises »May I have a coffee, please?« von mir gebe, rennen sie sich förmlich die Haxen ab, um endlich einen richtigen, kultivierten Fluggast zu verwöhnen.

Keine Frage, mit meiner »Ausländer-Methode« ist das Reisen und der Aufenthalt in der Türkei kein Problem mehr. Keine Hürde, die nicht genommen werden kann, kein Wunsch, der nicht erfüllt wird!

Ein Hotelzimmer mit Meerblick an der türkischen Riviera? Natürlich für Sie und mich, und nicht für den Landsmann aus Türkiye. Der kann seinen Urlaub im Zelt an einem der verregneten Strände am Schwarzen Meer verbringen. Was hat er auch an der Mittelmeerküste zu suchen, wo die ausländischen Touristinnen halbnackt an den Stränden herumlaufen und die moralerfüllten Augen eines guten Türken nur stören. Schließlich beteuert der Tourismusminister jedes Jahr aufs neue: »Wenn ich nicht dienstlich in diese Luxus-Hotels müßte, würde ich meinen Fuß nie über deren Türschwelle setzen!«

Nicht nur beim Übernachten, auch beim Essen und Trinken beschert die »Ausländer-Methode« bevorzugte Behandlung. Ein schöner Tisch im Restaurant? »Elbette!« »Natürlich!« Sofort, sogar ohne Reservierung. Und wenn kein Tisch frei sein sollte, wird einer geräumt, der Landsmann kann schließlich sein Kebap auch am Imbißstand nebenan essen.

Auch an den schlimmsten Fall sollte man denken: eine Krankheit im Urlaub oder gar ein Unfall. »Allah korusun!« »Gott bewahre!« Wenn das Schicksal dennoch zuschlägt, ist der Weg ins Krankenhaus nicht weit. Die staatlichen Krankenhäuser sind höllisch: Stundenlanges Warten, überfüllte Zimmer, Kranke, die auf den Fluren übernachten. Trotzdem sind die Preise hoch, für viele Inlandstürken kaum erschwinglich. Manche können sich Behandlungen oder gar Operationen nicht leisten, manche bezahlen den Arzt mit einem Schaf oder einer Ziege, im voraus natürlich. Der Tourist aus Almanya, Ingiltere, Amerika oder Fransa wird aber bevorzugt behandelt. Er braucht keine Schafe oder Ziegen, auch kein Geld oder Schecks. Der Chefarzt persönlich behandelt jeden Ausländer gratis. Jedes Krankenhaus hält für solche Behandlungen stets einige Zimmer parat, die modern ausgestattet sind. Ein Heer von speziell geschulten Krankenschwestern steht bereit, um die erkrankten Touristen gesund zu pflegen, sie regelrecht zu verwöhnen. Dieser Service wird als patriotischer Dienst verstanden und dient dem Wohlergehen des Vaterlandes. Schließlich sollen die Ausländer in behaglicher Atmosphäre gesund werden, die Türkei in guter Erinnerung behalten und mit großer Freude wiederkommen, möglichst mit reichlich Devisen. Wenn auch der schlimmste aller Fälle so paradiesisch verläuft, folgt mein Aufruf unbedenklich auf dem Fuße: Menschen aller Herren Länder! Wollt ihr Könige sein, so reist in die Türkei!

Ein langer Weg

»Kannst du dich eigentlich noch an deine erste Freundin erinnern, Papa?«

Überrascht hielt ich beim Blättern der Zeitung inne. Meine Tochter Sonja stand in der Tür meines Arbeitszimmers. Sie war barfuß und trug einen blauen Schlafanzug. Erwartungsvoll schaute sie mich an.

»Ich denke, du bist schon längst im Bett. Wie kommst du so spät am Abend noch auf die Idee, mich so etwas zu fragen?«

»Na ja, ich habe das Buch fertig gelesen, das ich aus der Bücherei ausgeliehen hatte. Und die Liebesgeschichte endete ganz schön traurig. Und da wollte ich mal wissen, wie es bei dir gewesen ist.«

Ich ließ die Zeitung auf meinen Schoß sinken, lehnte mich zurück in den Sessel. Meine Gedanken wanderten weit zurück in meine Jugendzeit. Es war, als ob sich ein nebliger Vorhang langsam hob und mir die Sicht auf längst verschollene Bilder freigab. Bilder und Erinnerungen aus einer Zeit, die viele, viele Jahre hinter mir lagen.

»Wie begann denn alles, weißt du das noch?«

Die ungeduldige Stimme meiner Tochter holte mich wieder zurück in mein Arbeitszimmer.

»Und ob ich das noch weiß!« Ich holte tief Luft.

»Alles begann mit einem Kuß. Ja, das Erste, woran ich mich noch genau erinnere, ist ein Kuß, ein völlig unerwarteter Kuß auf meinen Nacken. Es geschah in der Schule, während der Pause. Ich saß auf dem Fußboden und las in einem Buch. Sie kam völlig unbemerkt und hauchte mir einen Kuß auf den Nacken. Als ich überrascht aufblickte, lächelte sie mich wortlos an. ›Hey, was ist los?‹ wollte ich wissen. ›Nichts, nur so.‹ Sie lachte schelmisch auf und ging in das Klassenzimmer.«

»Wie hieß sie denn?« wollte meine Tochter sogleich wissen.

»Hhm«, ich zögerte ein wenig. »Das verrate ich dir vielleicht später.«

»Und wie sah sie aus, war sie hübsch?«

»Hübsch? Oh, und wie! Sie hatte wunderschöne dunkelbraune Haare, die ihr weit über die Schulter reichten. Ihr Gesicht war rund wie der Mond, so richtig kugelrund, doch es gab etwas ganz Bemerkenswertes an ihr: Ihre Wangenknochen ragten stark hervor im Gesicht, irgendwie wirkte sie fast … fast mongolisch. Es ist schwer zu beschreiben, jedenfalls sah sie gar nicht wie eine Deutsche aus.«

Ich mußte grinsen beim Anblick meiner Tochter, die an meinen Lippen hing.

»Seid ihr gemeinsam zur Schule gegangen?«

»Wir gingen damals in dieselbe siebte Klasse am Gymnasium. Eigentlich war das ein Mädchengymnasium gewesen, es hatte zu der Zeit gerade begonnen, auch Jungen aufzunehmen. Und so gehörten wir zum ersten gemischten Jahrgang.«

»Siebte Klasse? Dann wart ihr genauso alt wie ich?«

»Oh ja, wir waren noch jung«. Ich nickte lachend. »Ich war fürchterlich verliebt in sie, es gab keine Rettung mehr. Tag und Nacht dachte ich an sie, träumte von diesem Kuß in der Schule. Ich wollte sie immerzu küssen, und raffiniert wie ich war, fand ich auch eine gute Gelegenheit.«

Sonja horchte auf. »Wie hast du das angestellt?«

»Einige Tage nach diesem überraschenden Kuß machte unsere Klasse eine Theaterfahrt nach München. Wir saßen im Bus nebeneinander. Es war Winter und draußen frostig kalt. Sie rieb sich die Lippen mit einem Pflegestift ein. Nun, ich erzählte ihr, daß mir der Geschmack von diesem Stift unheimlich gefalle und fragte, ob ich mir auch etwas nehmen könne, aber von ihren Lippen. Sie lehnte nicht ab. So habe ich sie immer wieder geküßt, und jedes Mal schlug mein Herz wie verrückt. Es war einfach wunderschön, wie im Märchen. Ihre Lippen waren so warm und weich. Damals habe ich gebetet, daß die Heimfahrt niemals ende, doch leider verging die Fahrt viel zu schnell.«

»Wow, das war aber ein echt schöner Auftakt.«

»Das kann man wohl sagen«, pflichtete ich ihr bei. Seitdem ich zu erzählen begonnen hatte, standen immer neue Bilder vor meinen Augen, manche von ihnen waren nicht angenehm.

»Aber es blieb nicht lange schön, leider. Kaum daß wir miteinander befreundet waren, früher sagte man, wir gingen miteinander, gab es Hindernisse und Ablehnung von allen Seiten. Es schien damals, als wären Gott und die ganze Welt gegen uns beide.«

Sonja konnte ihr ungläubiges Staunen nicht verbergen.

»Aber wieso? Wer hatte denn etwas gegen euch?«

Als ich die fragenden Augen meiner Tochter sah, fiel es mir schwer, weiter von meinen Erinnerungen zu erzählen, ohne dabei verbittert zu klingen. Ich beugte mich weit vor im Sessel, um ihrem Gesicht möglichst nahe zu sein.

»Für uns begannen die Probleme schon gleich an der Schule. Einige unserer Lehrer waren gegen diese Freundschaft. Wir waren ja das erste Liebespärchen an der Schule, vergiß es nicht, denn all die Jahre zuvor gab es nur reine Mädchenklassen. Und es wirkte wohl ungewohnt und irritierend auf sie, daß wir beide in den Pausen Händchen haltend auf dem Schulhof herumliefen. Am schlimmsten war es mit unserem Klassenlehrer, der stellte uns mit fiesen Sprüchen vor der gesamten Klasse bloß.«

»So ein Idiot, was fällt dem ein!«, entrüstete sich meine Tochter.

»Doch es kommt noch dicker, Sonja, denn er beließ es nicht dabei. Er bestellte meinen Vater in die Sprechstunde und sagte ihm seine Meinung über unsere Freundschaft. Und ich saß dabei, weil ich ja für meinen Vater übersetzen mußte. Was meinst du wohl, was der Kerl alles von sich gegeben hat?«

Sonja zuckte mit den Schultern. »Vielleicht ... daß ihr zu jung seid?«

»Wenn es nur das gewesen wäre! Der hielt eine ewig lange Predigt, quatschte nur dummes Zeug. Für ihn stehe an erster Stelle die Schule, die Ausbildung und der spätere Beruf, redete er auf meinen Vater ein. Eine frühe Beziehung zu einem Mädchen solle nicht meine Karriere gefährden und so weiter und so fort«.

Ich brach ab. An meinen damaligen Lehrer zu denken, rief nur Ärger in mir hervor.

»Dem Mann fehlte jegliches pädagogisches Feingefühl! Was interessierte mich mit vierzehn Jahren eine sogenannte berufliche Karriere? Mensch, ich war bis über beide Ohren verliebt, schwebte im siebten Himmel und wünschte mir nichts sehnlicher, als mit meiner Freundin zusammen sein zu können, und er erzählte mit ernster Miene so einen Blödsinn! Er war ein Idiot, er wußte es damals nur noch nicht und wahrscheinlich weiß er es bis heute nicht. Denn er konnte sich nicht im Geringsten vorstellen, was er mir mit dieser gutgemeinten Aufklärung meines Vaters einbrockte! Damit rief er nämlich die nächste Partei auf den Plan, die genauso vehement gegen unsere Freundschaft war: meine Eltern.«

»Waren etwa die Großeltern auch dagegen?« entfuhr es Sonja. Sie war nun sichtlich verwirrt.

»Du darfst nicht vergessen: Was ich dir erzähle, liegt nun länger als zwanzig Jahre zurück. Damals dachten deine Großeltern noch anders. Für sie kam es auf keinen Fall in Frage, daß ich eine Freundin hatte.«

»Aber warum? Mochten sie vielleicht keine deutschen Mädchen?«

»Nein, das hing nicht damit zusammen, daß sie eine Deutsche war, sondern die Tatsache überhaupt, daß ihr Sohn eine Freundin hatte, war für sie unerträglich. In der Welt, in der sie aufgewachsen waren, war es den Jugendlichen nicht erlaubt, eine Beziehung zu einer Frau oder einem Mann zu haben, bevor sie heirateten. Die hatten völlig andere Vorstellungen. Und was mich betraf, da hatten deine Großeltern einen Wunschtraum. Ich sollte nämlich eine Cousine heiraten, ganz nach ihren alten Traditionen und Sitten.«

»Papa, das ist doch wohl nicht dein Ernst? Echt irre!« Die Überraschung stand ihr ins Gesicht geschrieben. »Mochtest du überhaupt deine Cousine?«

»Na ja ... klar, ich mochte sie. Im Urlaub in der Türkei verbrachte ich immer einige Tage bei ihrer Familie in Antalya, aber das heißt doch nicht, daß ich sie gleich heiraten wollte. Ich war bis über beide Ohren verliebt in meine Freundin, hatte nur sie im Kopf! Auch wenn es schön gewesen war im Urlaub, ich sehnte mich immer zurück nach Deutschland, zählte die Tage, bis ich sie endlich wieder sehen konnte!«

»War Großvater streng mit dir? Das kann ich mir gar nicht vorstellen, der ist immer so lieb zu uns.«

»Es war aber so, mein Schatz. Für dich mag dies alles ungewöhnlich und schlimm klingen, aber laß dir sagen, solche Einstellungen gibt es immer noch. Nicht alle Familien denken so wie wir.«

Ich stand auf und ging zum Sekretär am anderen Ende meines Zimmers. In der linken Schublade fand ich gleich, was ich suchte: ein altes, verblichenes Schwarzweißfoto meiner Eltern. Es war in einem schlecht beleuchteten Raum aufgenommen, sie standen nebeneinander, schauten mit einem ernsten Gesicht in die Richtung der Kamera. Viel zu ernst und viel zu reif für ihr Alter, dachte ich beim Betrachten wieder. Ich reichte Sonja das Foto.

»Deine Großeltern kamen mit neunzehn Jahren nach Deutschland. Für sie war hier alles fremd, völlig neu und ungewohnt, sie verstanden kein Wort Deutsch. In ihrer Orientierungslosigkeit und Angst in der neuen Umgebung klammerten sie sich förmlich an ihre türkischen Sitten und Gebräuche, verstehst du? Und was uns Kinder betraf, so sollten wir vor dieser fremden und gefährlichen Umgebung bewahrt werden. Unsere Eltern wünschten sich nichts sehnlicher, als daß ihre Kinder auch Türken wurden, oder besser gesagt, daß sie Türken blieben. Eigentlich wollten sie einen 120-prozentigen Türken aus mir machen! Die 20 Prozent kamen noch hinzu, weil wir ja im Ausland lebten, in dieser fremden Welt, die sie immer noch als bedrohlich empfanden, obwohl sie schon so lange hier lebten.«

Mit einem Schulterzucken brach ich ab. Es schien mir sehr schwierig, meiner Tochter von all diesen vergangenen Problemen zu erzählen, die fern von ihrem Alltag waren, die sie gar nicht berührten.

Doch sie ließ nicht locker. »Und? Wie ging es dann weiter?«

»Auf jeden Fall waren die Eltern gegen meine Freundin. Die Situation zu Hause wurde immer angespannter und schlimmer für mich, das kannst du mir glauben, es war nicht leicht. Ich mußte sehr erfinderisch sein und mir Geschichten und Lügen einfallen lassen, wenn ich mich mit ihr treffen wollte.«

»Das heißt, du hast gelogen, Papa?« sprudelte es aus Sonja heraus.

Wir schauten uns betreten an, es war uns beiden unangenehm. Ein schaler Geschmack lag auf meiner Zunge, und mir kam es so vor, als ob meine Tochter mich mit völlig neuen Augen betrachtete, als jemanden, der Wasser predigt, aber selbst viel Wein getrunken hatte. Schließlich überwand ich meine innere Unruhe.

»Ja, ich habe gelogen, wie ein Weltmeister sogar«, bestätigte ich, mit einer Spur von Trotz in der Stimme.

»Es blieb mir einfach nichts anderes übrig. Ich ließ nichts unversucht, erfand ständig neue Ausreden, neue Geschichten, bezog auch meine Freunde und Bekannte mit ein, damit sie mir ein Alibi für meine Abwesenheit von daheim verschafften. Ein Teufelskreis entstand, der mich immer stärker quälte, aus dem ich aber nicht ausbrechen konnte, wollte ich nicht auf einige gemeinsame Stunden mit meiner Freundin verzichten. Es war sehr schlimm, ich empfand mich als den größten Lügner unter Gottes Sonne und schämte mich maßlos vor mir selbst. Dabei war das, was ich mir damals wünschte, nicht viel: einfach nur mit dem Mädchen, das ich über alles liebte, zusammen sein zu dürfen, mehr nicht.«

Ein Schweigen setzte ein, das sich wie ein Hauch von Traurigkeit auf unsere Schultern niederließ. Sonja hatte sich inzwischen auf den Teppich gekauert, ihre Beine angezogen und ihr Kinn auf die Knie aufgestützt. Mir war gar nicht mehr danach, weiterzuerzählen, denn ich spürte, daß auch meine Stimmung sank.

»So, jetzt ist genug für heute Abend, junge Frau. Zeit, ins Bett zu gehen, es ist wirklich schon spät und du hast morgen Schule.«

»O nein, bitte nicht! Ich bin noch gar nicht müde. Bitte, Papa, erzähl mir doch, wie es weiterging! Wie habt ihr beide euch getroffen?«

Sonjas neugieriger Gesichtsausdruck ließ keinen Zweifel daran, daß das Schlafen ihr im Augenblick völlig egal war. Zunächst wollte ich mich durchsetzen, ließ es dann aber sein. Einmal mehr wurde mir bewußt, wie selten ich meiner Tochter eine Bitte abschlagen konnte. Also fuhr ich mit meiner Geschichte fort.

»Das war gar nicht so einfach! Meine Familie war leider sehr bekannt. In unserer Siedlung, in der auch viele Türken wohnten, kannte uns so gut wie jeder. Deinen Großvater nannten sie damals auch ›Bürgermeister der Türken‹, weil er ein unheimlich hilfsbereiter Mann war, zu dem viele Landsleute mit ihren Problemen kamen und den sie um Hilfe baten. Da er aber nicht so gut Deutsch sprach, wurde ich schon als kleiner Junge zum Helfen und Übersetzen mitgeschickt. Ich übersetzte auf Behörden, bei Ärzten und in Krankenhäusern, bei der Polizei ... ach, eigentlich überall. So blieb es natürlich nicht aus, daß mich im Laufe der Zeit alle türkischen Familien kannten. Das war ein Riesennachteil, denn ich konnte kaum etwas tun, was deinem Großvater entging. Ob ich nun am Nachmittag kurz vor drei Uhr auf der Straße nach rechts oder nach links spuckte, noch am selben Abend, spätestens aber am nächsten Tag erfuhr er es von irgendwelchen Leuten. Und dann gab es immer Ärger daheim.«

»Das stelle ich mir echt schrecklich vor, immer überwacht zu sein.«

Der Gedanke behagte meiner Tochter offensichtlich nicht.

»Ja, letztendlich bedeutete dies, daß meine Freundin und ich niemals gemeinsam gesehen werden durften. Das war eine ungeheure Belastung für uns. In der Stadt konnten wir nicht zusammen gehen, geschweige denn Arm in Arm herumspazieren, so wie es andere Jugendliche in unserem Alter taten. Wir gingen immer getrennt voneinander, mit einem Abstand von vielen hundert Metern.«

»Sie muß dich aber verdammt geliebt haben. Sie hätte bestimmt einen anderen Freund finden können, mit dem sie nicht so durch die Gegend hätte schleichen müssen.«

Ihre Worte waren wie ein Stich ins Herz, doch sie bemerkte es nicht. Ich nickte nachdenklich. »Manchmal wunderte ich mich, daß sie das alles überhaupt mitmachte. Aber es war auf beiden Seiten die erste große Liebe, es war etwas Besonderes für uns, ich kann es schwer in Worte fassen, es ist kaum zu beschreiben.«

»Das ewige Versteckspielen hätte mich genervt«, warf Sonja ein.

»Genervt? Das hat uns regelrecht zermürbt und deprimiert, dieses ewige Sichverstecken. Doch diese Phase ging an mir vorbei. Es mag vielleicht komisch klingen, aber irgendwann entwickelte ich sogar einen sportlichen Ehrgeiz. Ständig übte ich mich darin, einen Platz oder eine Menschenmenge in möglichst kurzer Zeit zu überblicken. So manche Stunde verbrachte ich auf dem großen Marktplatz. Ich versteckte mich in einer Ecke des Platzes, schloß die Augen für einen Augenblick, um sie dann zu öffnen und innerhalb von möglichst wenigen Sekunden zu sehen, welche Personen, die mir gefährlich werden könnten, sich auf dem Platz befanden. Es war von lebenswichtiger Bedeutung für mich, andere Leute zu entdecken, bevor sie mich sahen, und ihnen rechtzeitig auszuweichen, damit sie mich nicht, absichtlich oder auch nicht, bei irgendeiner Gelegenheit bei meinem Vater verpetzen konnten. Wenn ich heute daran denke, dann war es wirklich eine erbärmliche Sache.«

Ich legte eine Pause ein, rieb mir in Gedanken versunken die Hände und überlegte, ob ich fortfahren sollte, von den Geschehnissen damals zu berichten. Ich entschloß mich, meiner Tochter auch den Rest zu erzählen.

»Als erbärmlich könnte man auch die Verhältnisse bezeichnen, die mir in der Familie meiner Freundin begegneten. Ihr Vater mochte mich nicht und duldete mich unter keinen Umständen bei sich im Haus, also hatten wir auch dort kein Refugium, wo wir uns ungestört aufhalten konnten. Komisch, der Mann kannte mich gar nicht, allein die Tatsache, daß ich Türke war, nahm ihn gegen mich ein ... Ich will die Sache mit einem Satz auf den Punkt bringen, Sonja, auch wenn es dich irritieren sollte: Über sechs Jahre war ich mit meiner Freundin zusammen, und in dieser Zeit durfte ich nicht ein einziges Mal bei ihnen am Tisch sitzen und gemeinsam mit ihnen essen, weil der Vater, wie er sagte, keinen Türkenlumpen an seinem Eßtisch duldete.«

»Einen Türkenlumpen?« Sonja sprang auf. »Was bildet sich dieser Mistkerl überhaupt ein?« Sie war gekränkt, lief unruhig im Zimmer auf und ab.

»Sonny, das war alles halb so schlimm«, versuchte ich sie zu beruhigen.

»Gott sei Dank mochte mich ihre Mutter. Sie kochte uns heimlich Essen und brachte es genauso heimlich in das Zimmer ihrer Tochter. Ich brauchte damals nicht zu verhungern, zumindest nicht körperlich. Aber seelisch schmerzte diese Ablehnung natürlich, wurmte mich tief im Magen.«

»Es ist unglaublich, wie eingebildet und fies die Menschen sein können«, machte Sonja sich Luft, »nur weil du Türke bist ...«

»Komm, beruhige dich, mein Schatz, das liegt schon lange, lange zurück. Solche Erlebnisse wirst du hoffentlich niemals haben. Nein, bestimmt nicht ... du wirst es leichter haben.«

Sonja blickte aus dem Fenster in die Nacht hinaus. Es vergingen einige Minuten, ehe sie sich mir wieder zuwandte.

»Was habt ihr gemacht, habt ihr weiter zusammengehalten?«

»Alle schienen gegen unsere Beziehung zu sein. Unsere Familien kannten sich gar nicht und doch herrschten auf beiden Seiten schreckliche Vorurteile. Je mehr Widerstände es gab, umso stärker wuchsen wir zusammen, umso inniger und tiefer wurde unsere Liebe. Wir gaben uns gegenseitig Kraft, sonst hätten wir unsere Situation nicht aushalten können. Die ersten zwei Jahre, als sie noch in unserer Stadt wohnte, war es erträglich, zumal wir uns in der Schule sehen konnten. Danach zog ihre Familie weg und zu all den bisherigen Problemen kam noch die Entfernung. Wir sahen uns seltener, unter schwierigeren Umständen, und die Zeit schien uns immer so fürchterlich kurz. Die Stunden rannen uns durch die Finger, wir hätten sie manchmal gerne aufgehalten. Uns war jedes Mal zum Heulen zumute, wenn wir uns voneinander verabschieden mußten. Was soll ich sagen, wir konnten gar nicht normal sein, wir konnten unsere Gefühle nicht langsam ausleben, sondern mußten immer an die knappe Zeit denken. Es war wie in einem Zeitraffer. Viele Dinge, die Jugendliche in dem Alter gemeinsam unternehmen, Erfahrungen, die sie gemeinsam machen, waren bei uns kaum möglich, denn wir hatten einfach viel zu wenig Zeit miteinander und mußten uns auch immerzu heimlich treffen.«

Das Interesse meiner Tochter hatte nicht nachgelassen, nachdenklich hörte sie mir zu, nickte manchmal zu meinen Sätzen. Ich legte mir die Worte zurecht.

»Im Laufe der Zeit, als wir älter waren, verbrachten wir auch Nächte zusammen. Aber auch das war nicht so, wie man es sich in seinen Träumen ausmalt. Wir übernachteten an allen erdenklichen Orten, nur nicht in ihrem oder in meinem Bett. Ob bei irgendwelchen Freunden, im Stadtpark oder auf einem Weizenfeld, sogar in der Schule hatten wir uns eines Abends einschließen lassen und eine

Nacht auf dem rauhen Teppichboden eines Klassenzimmers verbracht. Und wir hatten beide gelogen zu Hause. Viel später waren wir mutig genug, oder vielleicht war es auch unsere Verzweiflung, in der Wohnung ihrer Eltern zu übernachten. Sie schmuggelte mich heimlich in ihr Zimmer, dort blieb ich die ganze Nacht und steckte meine Nasenspitze nicht aus der Tür.«

»Mein Gott, die Nerven hätte ich niemals gehabt.« Die Müdigkeit war vollends von meiner Tochter gewichen.

»Ihr seid wirklich durch dick und dünn gegangen. So etwas gibt es doch heute nicht mehr.«

»Es war wohl zu dick, das Ganze … Es ging auf die Dauer nicht gut … leider.«

»Was soll das heißen?« horchte Sonja auf.

»Das heißt, daß wir uns irgendwann trennten. Genauer gesagt, sie ertrug das Ganze nicht mehr. Wir waren beide am Ende mit unseren Nerven und unseren Kräften, es war eine zu starke Belastung. Sie verließ mich.«

Sonja schwieg, es trat eine Pause ein. Insgeheim kam sie mir gelegen, denn so konnte ich mich ein wenig sammeln. Die Erinnerungen an die Jugendzeit hatten mich ziemlich aufgewühlt.

»Und was hast du gemacht?« hörte ich leise ihre Stimme.

»Was sollte ich machen?« Ich zuckte fragend mit den Schultern.

»Was hätte ich machen können? Hätte ich sie zurückhalten sollen? Hätte ich betteln sollen? Ich mußte ihre Entscheidung akzeptieren, zumal ich aus eigener Kraft meine damalige Lage nicht ändern konnte, damit es unserer Beziehung besser erging.«

Sonja wurde merklich traurig, sie machte ein bekümmertes Gesicht, auch mir saß ein Kloß im Hals. Ich fühlte mich nicht sehr wohl, sie einem Wechselbad der Gefühle ausgesetzt zu haben.

»Es folgte eine sehr deprimierende Zeit für mich. Diese Trennung schmerzte, ja, sie tat furchtbar weh, sehr lange sogar. Mir war, als hätte man mir ein Stück meines Herzens herausgerissen. Eine tiefe Wunde in mir blutete unaufhörlich, und ich konnte sie nicht verbinden, konnte gar nichts tun, damit die Schmerzen weniger wurden. Nachts schlief ich kaum, hatte viele schreckliche Träume, und ich begann zu rauchen, zwei, manchmal drei Schachteln am Tag, es war einfach schlimm. In meinem Kummer schrieb ich viele Liebesgedichte für sie, auch wenn sie nicht mehr bei mir war, um sie lesen zu können ... Doch die Zeit heilt viele Wunden. Früher dachte ich, das sei nur irgendein blöder Spruch, aber es stimmt wirklich. Irgendwann nach einer Ewigkeit war auch diese schlimme Phase vorbei. Und ich weiß, daß ich sie noch immer tief in meinem Herzen liebe.«

»Hast du sie denn jemals wiedergesehen?« Zögernd, fast flüsternd kam die Frage meiner Tochter.

»Weißt du, auch daran kann ich mich noch sehr genau erinnern, so wie an den allerersten Kuß auf meinen Nakken, mit dem alles begann. Es waren sieben Jahre vergangen, seitdem sie mich verlassen hatte. Ich wurde zu einer Lesung nach Frankfurt eingeladen. Es war ein trüber Winterabend, naßkalt und unangenehm. Ich ging kurz vor Beginn der Veranstaltung draußen umher, um frische Luft zu schnappen und mich zu konzentrieren. Plötzlich stand sie vor mir! Wie aus heiterem Himmel. Vor lauter Aufregung zitterten mir die Knie. Ich bekam kein Wort heraus, starrte sie nur gebannt an. Was soll ich sagen, es war die einzige Lesung in meinem Leben, die ich verpatzte, aber gründlich!

Am nächsten Morgen kam sie in mein Hotel. Wir frühstückten gemeinsam und unterhielten uns lange, sehr lange sogar ... Seitdem habe ich sie nicht aus den Augen verloren.«

Einen Augenblick ließ ich die Worte im Raum nachklingen, bevor ich mich erhob.

»So, mein Schatz, jetzt aber schnell ins Bett!«

Es war mitten in der Nacht und die vorangeschrittene Zeit trug ihr übriges dazu bei, daß Sonja nicht mehr protestierte. Gerade als sie am Fuß der Treppe stand, wandte sie sich plötzlich um.

»Papa! Jetzt verrate mir doch endlich, wie sie hieß!«

»Du kennst sie«, sagte ich, dieses Mal mit einer zufriedenen Miene. »Du kennst sie, Sonja, du siehst sie jeden Tag. Sie ist deine Mutter.«

Die Zecke im Arm

Sarah schlug die Eingangstür hinter sich zu.

Sie biß sich auf die Unterlippe, aber ohne daß sie es verhindern konnte, rannen ihr Tränen über beide Wangen. Aus Wut und Hilflosigkeit, nicht aus Trauer. Soviel Gemeinheit konnte sie nicht begreifen. Die Worte klangen ihr noch in den Ohren nach: »Ich habe keine Lust, dich zu prüfen!«

Sie spürte, wie ihre Beine zitterten, setzte sich auf die Bank vor der Universitätsbibliothek.

Es begann vor vier Monaten, als sie zu Professor Heimbrecht ging, um sich die Literaturliste zu besorgen. Der Empfang war alles andere als ermutigend.

»Du fängst jetzt erst an zu lernen? Das ist doch viel zu spät! Du hättest schon längst anfangen müssen, nicht jetzt auf den letzten Drücker!«

»Aber es sind doch noch mehrere Monate bis zu den Prüfungen.«

»Und außerdem läßt du dich nicht in allen meinen Veranstaltungen blicken, wie stellst du dir das eigentlich vor?«

»Sie wissen doch, daß ich an den Vormittagen nicht zu den Veranstaltungen kommen kann, ich muß arbeiten.«

»Dann mußt du entscheiden, was du willst, meine Liebe!«

»Übrigens habe ich mich mit einer Studentin aus Ihrem Kolloquium unterhalten. Von den sechs Teilnehmern sind schon fünf abgesprungen. Nur die Sabine ist noch da, ich kann mich ja mit ihr absprechen.«

Nur widerwillig gab er ihr die Liste mit den Büchern, deren Lektüre für die Prüfungen vorausgesetzt wurde.

Damals ließ Sarah sich nicht entmutigen. Die folgenden Nachmittage verbrachte sie in der Bibliothek. Schon seit ihrem ersten Tag an der Universität empfand sie das Arbeiten in der Bibliothek als angenehm. Das alte Gebäude, unmittelbar hinter der großen Kirche gelegen, strahlte eine Erhabenheit aus, die sich entspannend auf sie übertrug. Hier fühlte sie sich weit weg von der hektischen Außenwelt. Das war eine eigene Welt, der große Lesesaal mit der hohen Decke und den mächtig aufragenden Bücherregalen voller Lexika und wichtiger Nachschlagewerke, die nicht entliehen werden durften, damit sie jederzeit zur Verfügung standen. Aufgereihte Schubfächer für Zeitschriften und Ständer mit verschiedenen Zeitungen aus der ganzen Welt füllten die gesamte Längsseite des Saales aus. Es herrschte eine angenehme Ruhe, an den Arbeitstischen saßen Studenten, die über irgendwelchen Büchern und Texten brüteten. Literaturmaterial zusammenzustellen hatte etwas Detektivisches an sich, fand Sarah. Das Nachschlagen des Buchtitels im Micro-Fiche im Vorraum, dann die Treppe hinunter in das Untergeschoß, wo die Bücher für Pädagogik standen. Das Wandern entlang der Bücherregale, bis sie schließlich das Buch mit der gesuchten Signatur inmitten Tausender anderer fand.

Überhaupt gefiel es ihr, alleine zu arbeiten. Weil sie bereits mit einem Bein im Berufsleben stand, langweilte sie der Besuch mancher Veranstaltungen an der Uni. Manchmal saß sie in Seminaren, in denen sich niemand richtig vorbereitete. Die Texte, die der Dozent ausgab, wurden kaum gelesen, sozusagen die Hausaufgaben nicht gemacht. Vor einigen Jahren noch, in der Schule, wäre so etwas unmöglich gewesen.

»Wenn du meinst, daß du an den Wochenenden nicht zu arbeiten brauchst für die Uni, dann bist du bei uns an der falschen Adresse, meine Liebe.«

»Übertreiben Sie da nicht ein wenig?«

»So nebenbei zu studieren ist nicht möglich, ohne Fleiß kommst du hier nicht weiter. Statt einen teuren Ring zu tragen, solltest du besser Lehrbücher kaufen!«

Sie wußte nicht, was sie darauf erwidern sollte. Was ging es ihn an, wie sie gekleidet war, welchen Ring sie trug? Das war der Ring ihrer Mutter. Aber sie brachte nicht die Courage auf, gegen solch eine Bemerkung zu protestieren, schließlich standen die Prüfungen vor der Tür, und Pädagogik war ihr Hauptfach. Vielleicht wollte er sie auch nur provozierend motivieren, versuchte sie sich einzureden.

Sarah gab sich keinen Illusionen hin, die Vorbereitungen auf die Prüfungen bedeuteten, daß eine hektische Zeit auf sie zukam, in der viel Paukerei angesagt war.

Mehr noch als die eigentliche Arbeit und das Lernen verwirrte sie manchmal das System an der Universität. Die Studienordnung war in ihren Augen so kompliziert, daß sie eher verwirrte denn half. Die Zeit, die man benötigte, um sich schlau zu machen und durchzufragen, hätte locker ausgereicht, um eine kleine Seminararbeit anzufertigen. Als sie damals nach Deutschland kam und mit diesem Wirrwarr an Auflagen und Verordnungen im nüchternen Amtsdeutsch konfrontiert wurde, dachte sie verzweifelt, daß sie da nie durchsteigen würde. Aber im Laufe der Zeit stellte sie fest, daß auch ihre deutschen Kommilitonen mit der Studienordnung ihre liebe Not hatten.

»Schau an, du bist es schon wieder.«

»Ich wollte heute meine Prüfungsthemen genauer mit Ihnen besprechen.«

»Na, du läßt es dir vielleicht gutgehen. Schau mich an, ich bin dermaßen beschäftigt, mein Schreibtisch ist voll.

Diesen Aufsatz muß ich fertigstellen, diese Beiträge noch alle durcharbeiten, weil ich der Herausgeber des Buches bin, und bis Ende der Woche soll ich zwei Gutachten schreiben. Das ist Fleiß ...«

Sarah erinnerte sich, wie schwer es ihr fiel, in den ersten Semestern einen Stundenplan für sich zu erstellen. Da galt es, die richtigen Vorlesungen aus den verschiedenen Teilbereichen zu belegen und die entsprechenden Bedingungen für die Zwischenprüfung zu berücksichtigen. Und auch im Hauptstudium war es wichtig, die richtigen Veranstaltungen zu besuchen, um die erforderlichen Voraussetzungen zu erfüllen. Nun, gegen Ende des Studiums, galt es, Termine einzuhalten und Nachweise von Praktika einzureichen. Nicht zu vergessen die Prüfungsthemen, die rechtzeitig mit den Professoren abgesprochen werden mußten. Und wenn man alle Prüfungen hinter sich hatte, stand einem noch die Diplomarbeit bevor. Das Diplom schien nach den langen Jahren so nah und gleichzeitig noch so fern. Aber der Abschluß war wichtig für sie, durfte nicht gefährdet werden. Wenn sie ein Diplom vorweisen konnte, würde sie in der Sprachschule fest angestellt werden. Es lohnte sich also, zum Endspurt des Studiums anzutreten und die Zähne zusammenzubeißen.

»Wenn mich jeder Student so belästigen würde wie du, käme ich nie zu meiner eigentlichen Arbeit.«

»Ich bitte Sie. Es geht um meine Abschlußprüfungen, da werden Sie sich doch etwas Zeit nehmen können!«

«Wieviel Zeit ich mit dir schon vergeudet habe ...«

»Einige Bücher, die ich für die Vorbereitung brauche, fand ich in der Bibliothek nicht, sie sind ausgeliehen.«

»Das ist dein Pech, meine Liebe. Wer zu spät kommt, den bestraft das Leben.«

»Darf ich die Bücher aus Ihrem Handapparat benutzen? Ich mache Kopien und gebe sie dann bei Ihrer Sekretärin ab!«

»Du bist wie eine Zecke im Arm. Man wird dich gar nicht los. Ich habe keine Lust, dich zu prüfen.«

Nachdem Sarah den ersten Schock überwunden hatte, erhob sie sich von der Bank und schlug den Weg nach Hause ein. Heute wollte sie niemandem mehr begegnen, am liebsten hätte sie sich irgendwo verkrochen.

Vielleicht war es die längste Nacht ihres Lebens. Sie konnte keinen Schlaf finden, wälzte sich im Bett hin und her. Im Morgengrauen endlich nahm sie der Schlaf gnädig auf.

Sie kam erst so richtig zu sich, als sie vor Professor Heimbrecht stand. Sie ließ ihn nicht zu Wort kommen.

»Hören Sie mir genau zu, ich bin Ihre Eskapaden leid. Sie müssen mich prüfen, egal, ob sie wollen oder nicht! Das ist ihre Pflicht, und dafür werden Sie schließlich auch bezahlt. Und wenn Sie sich weigern, dann wird es Konsequenzen für Sie haben!«

Einige Atemzüge lang starrte sie ihn an. Bevor er eine Antwort geben konnte, wandte sie sich abrupt ab und verließ das Zimmer, schlug die Tür hinter sich zu, diesmal seine Bürotür.

Das Herz drohte ihr zu zerspringen, so schnell schlug es. Sie ging hastig über den Hof, überquerte die schmale Straße und ließ sich einfach durch die Fußgängerzone treiben. Die Sonne schien, wärmte ihre langen schwarzen Haare, in den Straßencafés saßen viele Menschen, genossen das schöne Wetter, aber sie hatte keinen Blick dafür. Auf der Oberen Brücke kam ihr eine große Schar von Touristen entgegen, schien sie förmlich zu überrennen. Sie bahnte sich einen Weg mitten durch die lärmende

Menschenmenge und ging in die Richtung des Hains. Langsam, langsam nur beruhigte sie sich, während sie Stunde um Stunde am Fluß entlangging. Als die Dämmerung sich über die Bäume senkte, war sie in der nächsten Ortschaft angelangt.

Vor einigen Monaten wäre so etwas für sie undenkbar gewesen, zuviel Respekt hatte sie vor ihren Lehrern an der Universität empfunden. Sie wollte nicht wahrhaben, daß sich unter ihnen auch unfähige, ja sogar gemeine und böswillige Menschen befanden, die solch einen Respekt gar nicht verdienten. Wieviel Achtung hatte sie ihren Professoren entgegengebracht! Die Worte ihres verstorbenen Vaters fielen ihr ein: »Du magst vielleicht ein Professor werden, wenn du aber nicht gelernt hast, ein Mensch zu sein, nützt dir solch ein Titel nichts.«

Nun war der Knoten geplatzt, sie fühlte sich besser, fühlte sich erleichtert. Es hatte sich gelohnt, den Mund aufzumachen, die angestaute Empörung loszuwerden.

Aus einer Telefonzelle rief sie ein Taxi, um nach Hause zu fahren. An diesem Tag wollte sie sich ausnahmsweise solch einen Luxus gönnen.

Als sie die schmale Treppe zu ihrer kleinen Wohnung hochstieg, lächelte sie bei dem Gedanken, daß sie sich eigentlich stärker als zuvor fühlte. Auch wenn Professor Heimbrecht ihr während der Prüfung Steine in den Weg legen sollte, sie wollte sich von ihm nicht aufhalten lassen. Sie würde sich gut, sehr gut vorbereiten, und falls es dennoch beim ersten Anlauf nicht klappen sollte, wiederholen konnte sie noch immer. So sah es die Prüfungsordnung vor.

Der zweite Bill

Sie hatten ihn vor einigen Tagen spätabends auf die Station gebracht. Bis heute sprach er kaum ein Wort mit jemandem, weder mit den Krankenschwestern, noch mit den Ärzten. Auch sein Zimmernachbar, ein Junge namens Robert, versuchte es mehrmals, bis er schließlich aufgab.

Dr. Schmidt, der behandelnde Arzt, nahm sich vor, seinen jungen Patienten nicht zu bedrängen, aber es waren inzwischen fünf Tage vergangen. Heute nachmittag wollte er einen neuen Versuch wagen und ließ den Jungen in sein Gesprächszimmer bringen.

»Kommen Sie herein, Thomas. Wie fühlen Sie sich heute?«

»Es geht. Mir ist langweilig.«

»Wissen Sie überhaupt, warum Sie bei uns sind?«

»Wieso siezen Sie mich eigentlich? In der Schule werden wir auch geduzt.«

»Also gut, wenn du möchtest, duze ich dich. Weißt du, warum du zu uns gebracht wurdest?«

»Ich habe Scheiße gebaut.«

Thomas vermied es, den Arzt direkt anzuschauen, seine schwarzumrandeten Augen schwirrten hilflos im Raum umher. Immer wieder fuhr er mit seiner trockenen Zunge über die Lippen, die angeschwollen waren. Er hatte seine Schultern angezogen und hielt beide Arme leicht gekrümmt vor dem Bauch.

Dr. Schmidt wußte, daß dies die unvermeidlichen Nebenwirkungen waren, die die verabreichten Medikamente hervorriefen. In all den Jahren hätte er sich an diese Erscheinungen gewöhnen sollen, doch immer wieder bewegte ihn solch ein Anblick schmerzlich.

Gestern waren die Eltern von Thomas in seiner Sprechstunde erschienen und hatten sich lange mit ihm unterhalten. So ganz wollte das Bild des Jungen vor ihm nicht zu dem passen, was ihm die Eltern über ihren Sohn erzählt hatten. Sie klagten darüber, daß er schon seit Tagen nicht mehr zur Schule gehe und sich kaum noch aus seinem Zimmer hinausbegebe. Er vermeide den Kontakt zu seinen Eltern, verstumme regelrecht. Die Atmosphäre daheim sei zusehends angespannter geworden. Schließlich sei er in einem Tobsuchtsanfall auf seine Mutter losgegangen und dabei in Ohnmacht gefallen. »Der hatte richtig Schaum vor dem Mund«, hatte sein Vater sich entsetzt.

»Deine Eltern waren gestern in meiner Sprechstunde. Es bedrückt deine Mutter sehr, daß du nicht mit ihr reden möchtest.«

»Hab' ihr nichts mehr zu sagen!« Eine Spur von Trotz kam in Thomas' Stimme auf.

»Die versteht mich doch sowieso nicht, da kann ich mir genausogut die Puste sparen!«

»Wenigstens redest du jetzt mit uns«, lächelte ihn der Arzt an, »das ist auch schon ein erfreulicher Fortschritt.«

Dr. Hans Schmidt strahlte eine gemütliche Ruhe aus. Sein grauer, gepflegter Vollbart verlieh ihm ein gütiges Aussehen. Er war der Typ älterer Herr, auf dessen Schoß sich gerne kleine Kinder setzten und sich mit ihm unterhielten, auch wenn sie ihn gar nicht kannten. Daß er von Natur aus ein geduldiges Wesen besaß, kam ihm in seinem Beruf sehr zugute.

»Möchtest du mir nicht erzählen, was in den letzten Tagen bei euch passiert ist?«

»Was soll ich Ihnen denn erzählen?« Thomas blickte aus dem Fenster hinaus in den angrenzenden Wald.

»Wieso hast du dich mit deinen Eltern verkracht?«

»Die verstehen mich nicht. Ewig hängen die mir in den Ohren, daß ich die Schule vernachlässige. Dabei bin ich gar nicht so schlecht, außer in ein, zwei Fächern. Als ich neulich nach Hause kam, hatte mein blöder Vater meinen Computer in der Abstellkammer versteckt. Zur Strafe, sagte er, weil ich in der letzten Englischarbeit eine Fünf geschrieben habe.«

»Damit warst du sicher nicht einverstanden.«

»Das war so richtig fies von ihm. Ich habe mich dann in meinem Zimmer verkrochen und bin einfach nicht mehr rausgegangen.« Thomas holte tief Luft. Dr. Schmidt spürte, daß sein Gegenüber sichtlich ermüdet war von dem kurzen Gespräch.

»Spielst du denn gerne am Computer?«

»Spielen?« Thomas richtete sich im Sessel auf, als ob er aufbegehren wolle, beugte sich aber mit seinem Oberkörper weit nach vorn und sank in sich zusammen.

»Auf jeden Fall macht es mir Spaß, mehr als Englisch-Vokabeln zu pauken«, antwortete er mit leiser Stimme.

Er erhob sich abrupt, blickte mit einem gequälten Gesicht auf den Arzt.

»Kann ich jetzt wieder ins Bett gehen, bitte?«

»Ja natürlich, geh nur. Wir sehen uns morgen.«

Einige Tage später wanderte Thomas unruhig den Korridor auf und ab. Die Besuchszeit am Abend war längst vorbei, und es herrschte eine Friedhofsstille auf der Station, die ihn bedrückte. Aus einem Zimmer am Ende des Korridors fiel ein Lichtschein durch den Türspalt, zog ihn sichtlich an. Dr. Schmidt saß an seinem Schreibtisch und arbeitete am Computer. Thomas hatte ihn bisher immer nur im Gesprächszimmer getroffen, noch nicht in seinem eigenen Büro. Er gab sich einen Ruck und öffnete die angelehnte Tür.

»Hallo, Onkel Doc.«

»Du schaust zuviel fern, Thomas.« Dr. Schmidt blickte flüchtig von seinem Schreibtisch auf.

»Kann ich Sie mal 'ne Minute sprechen?«

»Im Augenblick nicht, du siehst, ich bin sehr beschäftigt«, antwortete Dr. Schmidt kurz angebunden. Er starrte wieder ungläubig auf den Bildschirm, von dort auf den Drucker, der auf einem niedrigen Bord neben dem Schreibtisch stand.

»Mein Gott, diese Maschine bringt mich noch zum Wahnsinn«, stöhnte der Arzt, dem der Schweiß auf der Stirn stand.

»Wo drückt denn der Schuh, Doc?«

Dr. Schmidt wandte sich Thomas zu. »Erst sprichst du tagelang kein Wort, und jetzt wirst du sogar übermütig. Bitte laß mich allein, Thomas, ich muß noch etwas wirklich Dringendes erledigen.«

Er blickte den Jungen gar nicht mehr an, sondern tippte auf der Tastatur des Computers. Thomas stand noch immer in der Tür, aber anstatt den Raum zu verlassen, trat er näher an den Schreibtisch des Arztes heran.

»Was haben Sie denn für ein Problem?«

Dr. Schmidt fuhr herum und wollte ihn energisch anfahren, besann sich jedoch im letzten Augenblick eines Besseren. Er zeigte auf den Bildschirm.

»Ich habe hier einen Vortrag, den ich vor einem Monat auf einem Kongreß gehalten habe. Die Beiträge sollen veröffentlicht werden. Morgen ist der letzte Tag für mich, meinen Beitrag abzuschicken, aber dieses verflixte Gerät druckt ihn einfach nicht aus«, stöhnte er mißmutig. »Dabei haben mir die Leute von der Verwaltung einen neuen Drucker hingestellt, damit angeblich die Qualität besser wird.«

»Darf ich mir das mal anschauen?« bat Thomas.

»Ich habe wirklich keine Zeit für Experimente.«

»Ganz kurz nur, Herr Doktor!«

Ehe der Arzt sich versah, hatte Thomas die Tastatur zu sich an den Tischrand gezogen und schlug darauf ein.

Der Text auf dem Bildschirm verschwand plötzlich, vor dem schwarzen Hintergrund erschienen am linken Rand einige Zeichen, dann waren kurz farbige Bilder und Symbole zu sehen, bevor Thomas andere Tasten drückte. Seine Augen glänzten, als er gebannt auf den Bildschirm starrte. Er schnalzte mit der Zunge. »Wow, das ist ja 'ne tolle Kiste!«

Seine Finger flogen förmlich über die Tastatur, ohne daß er darauf schaute. Ein Lächeln huschte über sein Gesicht.

»Na klar, das ist es. Sie haben nicht den richtigen Druckertreiber, Doc.«

»Einen was? Da steht doch der Drucker! Der ist völlig neu!«

»Nein, nein. Der Drucker ist bloß die Hardware, das ist einfach nur die Maschine. Sie brauchen noch ein Extraprogramm, das auf den Drucker abgestimmt ist und ihn an Ihren Computer anpaßt.«

»Das sind alles böhmische Dörfer für mich.«

Dr. Schmidt holte tief Luft und wischte sich den Schweiß von der Stirn; nun schaute er hilflos drein.

Thomas hingegen schaute den Arzt beruhigend an. »Warten Sie, ich kenne da einen Trick, das kriegen wir schon hin. Ich lasse Ihnen den Text direkt auf die Diskette schreiben, und dann können wir ihn mit einem speziellen Befehl über das Betriebssystem ausdrucken lassen.«

Noch während er sprach, wandte sich Thomas wieder der Tastatur zu. Er rief verschiedene Menüs am Bildschirm auf, die Dr. Schmidt niemals zuvor in seinem Textverarbeitungsprogramm gesehen hatte. Er sah die kleine grüne Lampe am Diskettenlaufwerk aufleuchten.

»Das dauert jetzt einen kleinen Augenblick«, klärte Thomas den ratlosen Arzt auf, »und wenn Sie wollen, stelle ich Ihnen später mal die richtige Systemkonfiguration ein. Dazu brauche ich aber ein paar Angaben über die Geräte.«

Es dauerte keine drei Minuten, da begann der Drucker anzuspringen, und die so sehnlichst gewünschten Seiten kamen eine nach der anderen heraus.

»Das wär's«, grinste Thomas spitzbübisch und überreichte dem Arzt die ausgedruckten Seiten. Dr. Schmidt konnte seine Überraschung kaum verbergen. Gleichzeitig spürte er, daß er seinem jungen Patienten nun so nahe war wie in den letzten zwei Wochen nicht. Erleichtert darüber, daß seine Arbeit erledigt war und er den Abgabetermin pünktlich einhalten konnte, lehnte er sich in seinen Sessel hinter dem Schreibtisch zurück.

»Alle Achtung!« Er zog anerkennend die Augenbrauen hoch.

»Woher weißt du das alles, Thomas?«

»Ach, das ist nichts wahnsinnig Besonderes, das habe ich mir selbst beigebracht.«

Er druckste ein wenig herum, so, als ob ihm die Frage unangenehm wäre. Wie um einer weiteren Frage auszuweichen, zeigte er auf den ausgedruckten Beitrag des Arztes.

»Warum drucken Sie das Zeug da überhaupt aus? Sie können das doch direkt rüberfaxen!«

»Ich muß es doch erst ausdrucken, um die Seiten in das Faxgerät einzulegen.«

»Nein, Doc, eben nicht. Das können Sie sich alles schenken. Wenn Sie ein Modem haben, können Sie das direkt von Computer zu Computer senden.«

Der Doktor atmete lächelnd aus und schüttelte dabei seinen Kopf.

»Das ist mir alles eine Spur zu hoch.«

»Das ist alles halb so wild! Hören Sie, Doc, Sie können per Computer mit Ihren Kollegen quatschen und Ratschläge austauschen, Briefe, Infos verschicken und abrufen, wann immer Sie Lust darauf haben. Wenn Sie wollen, können Sie sich mit dem Internet auch in die Archive und Bibliotheken von Unis einklinken.«

Als Thomas das erstaunte Gesicht von Dr. Schmidt bemerkte, freute er sich und fuhr überschwenglich mit seiner Aufklärung fort.

»Angenommen, Sie haben da ein Problem und grübeln wie ein Weltmeister: Hauen Sie das rein und fragen Sie andere Teilnehmer im Netz.« Er zeigte auf den Computer. »Das geht rund um den Globus! Irgend jemand, der etwas davon versteht, egal ob in Deutschland, Amerika oder Australien, wird Ihnen bestimmt antworten. Sie können richtig mit Ihren Kollegen auf der ganzen Welt palavern.«

Dr. Schmidt hatte Thomas seit drei Tagen nicht gesehen. Nun wunderte er sich über den spritzigen Elan seines jungen Patienten. Wie sehr mußten ihm die Medikamente zur Ruhigstellung zugesetzt haben. Nachdem die Dosierung gesenkt worden war, sprach Thomas völlig unverkrampft. Es wurde Dr. Schmidt einmal mehr deutlich, daß sein Beruf sehr eng mit der Vergabe starker Medikamente verbunden war. Wenn Patienten zu ihnen auf die Station kamen, deren seelisches Gleichgewicht massiv gestört war, blieb ihnen oft nur ein starkes Beruhigungsmittel als erster Behandlungsschritt übrig. Und wenn der Patient auf die Zusammenstellung und Dosierung der Medikamente nicht gut ansprach, dann litt er sehr schmerzlich unter den unangenehmen Nebenwirkungen. Dieser Junge war zwei Wochen lang ein Häufchen Elend gewesen, jetzt erst schimmerte durch, wie lebendig und pfiffig er sonst wohl zu sein schien.

»Kennen Sie Bill Gates, Doc?«

Dr. Schmidt wurde aus seinen Gedanken gerissen. Es störte ihn mittlerweile gar nicht mehr, »Doc« genannt zu werden.

»Nein, ich kenne nur Bill Clinton«, lächelte er Thomas an.

»Vergessen Sie Bill Clinton, der sieht doch nur ein paar müde Mark in seinem Weißen Haus«, entgegnete Thomas mit einer mitleidsvollen Stimme und winkte mit dem rechten Arm ab. »Bill Gates ist Multi-Milliardär! Und wissen Sie, wie der das geschafft hat?«

»Bestimmt war er kein Präsident.«

»Der Typ ging mit neunzehn Jahren von der Uni und bastelte in der Garage seiner Eltern einen Computer, und jetzt gehört ihm die größte Softwarefirma der Welt! Der weiß gar nicht, wohin mit der ganzen Kohle!«

»Der muß aber unwahrscheinlich viel Glück gehabt haben, denke ich mir«, schmunzelte der Arzt.

»Nee, nee, Doc, der Mann hat einfach gewußt, was er wollte. Der hat seine Zeit nicht mit nutzloser Paukerei verbracht.«

»Und du willst ein zweiter Bill Gates werden?«

»Warum nicht? Ich weiß, daß ich so etwas packe. In der Schule vergeude ich doch nur meine Zeit. Mit dem Kram, den ich dort lerne, kann ich eh nichts anfangen.«

Dr. Schmidt horchte auf. »Was macht dich so sicher?«

»Wenn ich noch weiter zur Schule gehe bis Ende der Zehnten, dann quäle ich mich echt nur rum. Das bringt doch nichts. Verstehen Sie mich, Herr Doktor?«

Die Augen des Jungen hingen förmlich an den Lippen des Arztes, der nicht sogleich antwortete. Dr. Schmidt wiegte den Kopf, nickte einige Male bedächtig.

»Ja, ich glaube, ich verstehe schon, was du meinst. Aber das ist wirklich eine schwierige Angelegenheit. Am besten, wir unterhalten uns morgen ganz in Ruhe und ausführlich darüber. Nicht jetzt, so spät am Abend, wo wir beide müde sind. Was hältst du davon?«

Thomas verharrte einen kurzen Augenblick auf dem Stuhl, schlug sich mit den Händen auf die Oberschenkel und stand ruckartig auf.

»Gut, dann bis morgen, und vielen Dank«, verabschiedete er sich auf dem Weg zur Tür.

»Nein, ich danke dir, Thomas.« Dr. Schmidt hielt die Blätter in seiner Hand in die Höhe. »Du hast mir sehr geholfen. Wir sehen uns morgen nachmittag.«

Dr. Schmidt setzte sich in den bequemen Sessel, schlüpfte aus seinen Schuhen und streckte die Beine aus. Ein langer Tag lag hinter ihm und er spürte die Müdigkeit in seinen Gliedern. Er wollte den Text vor sich erneut überfliegen, doch seine Gedanken schweiften immerzu ab, gingen viele Jahre zurück. Der heutige Abend weckte Erinnerungen an seine eigene Jugend, an den Lebensweg, den er damals eingeschlagen hatte.

Schon als kleiner Junge faszinierten ihn das Innenleben und die Verhaltensweisen des Menschen. Was geht in den Köpfen der Menschen vor, was spielt sich seelisch ab, hatte er sich gefragt, warum reagieren sie in bestimmten Situationen so und nicht anders? Psychiater zu werden, das war sein Traumberuf, das wollte er unbedingt später studieren, entschloß er sich, lange bevor er die Schule beendete.

Doch seine Eltern protestierten heftig, versuchten unermüdlich, ihm den Beruf des »Seelenklempners«, wie sie sagten, auszureden. Sie erwarteten von ihm, daß er in die Fußstapfen des Vaters trat und als Anwalt die alteingesessene Kanzlei übernahm. Sich gegen die Widerstände in seiner Familie durchzusetzen, fiel ihm sehr schwer, war mit heftigen, manchmal leidvollen Auseinandersetzungen verbunden gewesen. Aber er blieb hartnäckig, setzte zu guter Letzt seinen Kopf durch, und er hatte es bis zum heutigen Tage nicht bereut. Im Gegenteil, er mochte nach wie vor seine Arbeit, mochte den Kontakt mit den Menschen und fühlte sich glücklich, wenn er seinen Patienten helfen konnte. Diese innere Zufriedenheit war für ihn das untrügliche Zeichen dafür, den richtigen Weg im Leben eingeschlagen zu haben. Er hatte auch nicht vollends mit seinen Eltern gebrochen. Irgendwann nach langer Zeit konnte er sie schließlich überzeugen, sahen sie seine Beweggründe ein. Denn ist nicht im Leben die innere Kraft des Menschen, seine Ausgeglichenheit und seelische Stabilität, weitaus wichtiger als bestimmte schulische Kenntnisse? Und läßt sich nicht diese innere Kraft nur dann gewinnen und vor allem bewahren, wenn wir unsere Fähigkeiten erkennen, sie ausbauen können und dürfen?

Dr. Schmidt löschte das Licht und verließ sein Büro. Er freute sich auf das Gespräch morgen und empfand Zuversicht, was den zukünftigen Weg seines jungen Patienten betraf.

Falsche Befürchtungen

Die folgende Erzählung ist nicht erdacht, sie ist authentisch, und alles trug sich an einer Schule in der Bundesrepublik zu. Der Ort ist unerheblich, genauso wie der Schultyp nicht ausschlaggebend ist. Diese und ähnliche Erlebnisse können irgendwo in Deutschland jederzeit stattfinden.

»So, da wären wir, der Herr«, rief mich der Taxifahrer aus meinen unangenehmen Erinnerungen zurück und hielt direkt vor dem Seiteneingang der Schule an. Ich drückte ihm schnell einen Zwanzigmarkschein in die Hand, verzichtete sogar auf eine Quittung und stürzte in das Schulgebäude. Längst schon hätte ich in der Klasse stehen sollen, um Gedichte vorzutragen und über das Leben der Ausländer in Deutschland zu erzählen, aber das Werbeversprechen der Bundesbahn – »die komfortabelste Art der Pünktlichkeit« –, auf sämtlichen Werbeflächen in und um die Bahnhöfe zu bewundern, galt offensichtlich nicht für junge Schriftsteller, die rechtzeitig zu ihren Veranstaltungen kommen müssen!

Am Fuß einer Treppe lief ich prompt einer Gruppe lärmender Schüler in die Arme.

»Hey, wie komme ich hier ins Lehrerzimmer?«

»Das Lehrerzimmer?« staunten sie mich vielstimmig an.

»Ja, das Lehrerzimmer, da wo eure Lehrer in der Pause sitzen, wie komme ich da ganz schnell hin?«

Ein Rotschopf wies die Treppe hoch.

»Hier hinauf, dann nach rechts und dann nach links, und ich glaube, da im Flur muß es irgendwo sein.«

Kaum war ich oben angelangt, rief mich die ganze Schar wieder runter. Mittlerweile war ein Lehrer bei ihnen eingetroffen, dessen Name mir im Gewühl nicht bis an die Ohren drang. Gemeinsam begaben wir uns über den Hof in den Klassenraum, in dem bereits die übrigen aus der Gruppe warteten. Der Ulk, den die Schüler bei meinem Eintreffen mit mir trieben, war kein schlechter Vorbote für den Besuch an dieser Schule, zumindest nicht für die Veranstaltung.

Nach der Autorenlesung begleitete mich der Lehrer in das Lehrerzimmer und bat mich, auf den Direktor zu warten. Dieser müsse noch eine Unterrichtsstunde abhalten, wolle sich danach gerne mit mir unterhalten und mich später in die Stadt fahren.

Etwas müde von der stimmlichen Anstrengung der vergangenen eineinhalb Stunden, aber doch sehr zufrieden mit dem Verlauf der Veranstaltung mit den Schülern, saß ich nun im Lehrerzimmer und freute mich über die Redepause.

Es waren keine Rachegelüste gegen den Gasthof nach der unruhigen Nacht in mir, als ich am frühen Morgen im verrauchten Frühstücksraum mit heimlicher Befriedigung vier Brötchen mit Käse belegt hatte und sie in meiner Reisetasche unter dem Tisch hatte verschwinden lassen. Eines davon kramte ich nun aus meiner Tasche hervor, verdeckte diese mit meinem Körper vor den Augen der beiden Lehrkräfte im Zimmer. Der Kaffee, den die gute Seele des Hauses, die Sekretärin des Direktors, mir zubereitet hatte, war stark genug, um einen drei Tage toten Indianer wieder zum Leben zu erwecken.

Ich beobachtete den Lehrer und seine Kollegin, die beide jeweils einen Stapel verschiedenartiger Schulhefte vor sich auf dem Tisch liegen hatten. In kurzen Abständen nahmen sie das oberste Heft, schlugen es auf, überflogen den zumeist in unausgereifter Handschrift verfaßten Text, nicht ohne ab und an mit einem spitzen Rotstift irgendwelche Fehler anzustreichen. Spärlich fielen die roten Eingriffe aus, zwischendurch unterhielten sie sich, sprachen über Stärken und Schwächen ihrer Schüler, tranken Kaffee, der ihnen offensichtlich besser bekam als mir.

Mehrmals blickte der Lehrer mich über den Brillenrand an, erweckte den Anschein, als ob er mich ansprechen wollte, besann sich aber jedesmal eines Besseren und fuhr mit seiner Korrekturarbeit fort. Erst als seine Kollegin sich nach mir erkundigte, begann er, von meiner Veranstaltung zu erzählen, sich positiv über das rege Interesse und Verhalten seiner Klasse zu äußern, und wandte sich schließlich mir zu.

»Das war wirklich sehr interessant, was Sie uns in der Klasse erzählt haben. Sie haben eine lockere Art, auf die Fragen und Wünsche der Kinder einzugehen. Ich glaube, Ihre Ausführungen über die Religion des Islam und das, was Sie aus Ihrem persönlichen Leben zwischen der deutschen und türkischen Kultur erzählt haben, hat die Kinder sehr angesprochen. Ich wollte Sie nicht vor der ganzen Klasse fragen, aber glauben Sie wirklich daran, daß ein Leben mit unterschiedlichen Kulturen möglich ist?«

»Das hätten Sie auch gerne während der Veranstaltung fragen können. Nun, ich selbst bin ja ein Beispiel dafür, daß es wohl möglich ist, oder? Von dem, was ich in der Klasse erzählte, bin ich überzeugt: Ein Miteinander ist möglich, wenn wir bereit sind, auf den anderen einzugehen, den Fremden oder das, was fremd ist an ihm, kennenzulernen und zu akzeptieren. Wissen Sie, bei uns in Deutschland schrecken die Leute vor dem Fremdartigen zurück, das ist zumindest meine Erfahrung. Aber wenn man den Fremden näher kennenlernt, so stellt sich bald heraus, daß er gar nicht so fremdartig ist.«

Unvermittelt ließ er die Katze aus dem Sack.

»Da können Sie sagen, was Sie wollen, ich finde, die Ausländer hier bei uns, die müßten sich richtig anpassen, die müßten sich in die Gesellschaft hier vollkommen integrieren und auch die Religion übernehmen und nicht nur der Kultur hier sich anpassen. Dann könnten wir sehr viele Probleme vergessen.«

Völlig überrumpelt von dem Ernst und der Überzeugung, mit der er diese extreme Position vertrat, und irritiert, dies gerade von ihm zu hören, der mich doch in seine Klasse eingeladen hatte, wußte ich nicht so recht zu reagieren.

»Meinen Sie das im Ernst?«

»Natürlich ist dies mein Ernst, und viele andere denken ebenso. Die Ausländer, die hier bei uns leben, müssen sich hier vollständig anpassen, ihre eigene Kultur ablegen und unsere Werte übernehmen. Sonst gibt es immer nur Konflikte.«

Krampfhaft versuchte ich, mir das Bild vor Augen zu führen, das nach Ansicht dieses so zurückhaltend wirkenden Lehrers konsequenterweise entstehen würde: Fünf Millionen Ausländer legen ihre Religion ab und treten zum Christentum über – dabei haben sie sogar die Wahl zwischen dem Papst als Oberhirten und der evangelischen Kirche. Fünf Millionen Ausländer passen sich vollkommen an, werden zu vorbildlichen Deutschen, eifrig darum bemüht, deutscher als die Deutschen zu sein.

Die Türken mit ihrem schwarzen, anatolischen Bart, auf den sie so stolz sind, schneiden diesen kurzerhand ab, die Frauen legen ihre bunten Kopftücher in den Reisekoffer für den nächsten Türkei-Urlaub. Die italienischen Eiscafés ändern ihre Namen, nichts mehr mit »Café Venezia« oder »Bella Napoli«, sondern nur noch »Eiscafé zum weißen

Rößl« oder vielleicht »Alt-Berglein«. Was soll aus Deutschland ohne die 4 000 italienischen Eiscafés werden?

Meine Gedanken schweiften weiter nach Berlin-Kreuzberg, einer der Hochburgen der Ausländer: kein Döner mit Fladenbrot mehr an jeder Straßenecke, doch die Griechen sollten nicht zu früh frohlocken, es gäbe auch keinen Gyros mit Pita mehr, das würde in ein paniertes Schnitzel übergehen, mit Pommes natürlich, ohne Brot. Und an den Schulen liefen keine Kinder mehr herum, die auf den Namen Hasan, Ayşe, Georgos, Said oder Marcello hören, nur noch Kalle, Peter, Hans und Anke. Sich anpassen in allen Lebensbereichen, wie mein Gegenüber als einzig mögliche friedliche Lösung sieht: ein Alptraum, ein schreckliches Szenario vor meinem geistigen Auge!

Gut, klopfen wir mal die andere Seite ab, dachte ich, vergaß mein Brötchen und fragte mit einem neckischen Interesse im Hinterkopf, was denn mit all den Deutschen beispielsweise in Ägypten oder in Tunesien, in Algerien oder aber in der Türkei passieren solle.

»Die müßten, Ihrer Meinung nach, folglich zum Islam übertreten.«

»Das ist was anderes!«

Das kann nicht sein, frohlockte ich insgeheim, von der naiven Hoffnung auf eine ernsthafte und fruchtbare Diskussion angespornt, jetzt reden wir Tacheles.

»Was soll daran bitte anders sein? Die Deutschen leben dort, arbeiten dort und müßten sich demzufolge auch anpassen, völlig anpassen, wie Sie sagen, denn dazu gehört ja auch die Religion.«

»Nein, das ist ja was anderes. Das kann man so nicht vergleichen. Es käme auf die Anzahl der Menschen an, wie viele dort leben und für wie lange!«

»Wer in Gottes Namen (oder hätte ich von meinem Standpunkt aus Allah nennen müssen?) soll das denn bestimmen? Ab wieviel Menschen soll diese ›völlige Anpassung‹ stattfinden? Ab 100, 1000, 100 000 oder erst ab einer Million? Nach welchem Zeitraum? Wie soll das funktionieren? Wer setzt die Anzahl fest, wer sagt, ab wann sich die Menschen völlig anpassen sollen, wie Sie sagen, völlig und vollkommen in der Gesellschaft aufgehen sollen, wer kann das sagen? Ich kenne beispielsweise Lehrer, die schon seit über fünf Jahren in Istanbul am Deutschen Gymnasium unterrichten, für die wäre es doch längst schon Zeit, oder? Freunde von mir leben seit vielen Jahren in Kairo, auf die trifft es auch zu. Und denken Sie mal an die vielen deutschen Reiseleiterinnen in den Urlaubsländern, die machen dann Assimilationsjogging: einige Jahre Spanien im Flamencorock, dann eine Weile Marokko mit Schleier, etwas leichter wird es in der Türkei, da laufen sie nur mit Kopftuch herum, und wenn sie wieder in Deutschland sind, endlich wieder ein T-Shirt ohne BH drunter.«

Um einer Antwort auszuweichen, wie mir schien, arbeitete er weiter an den Korrekturen, vertiefte sich für einige Minuten in ein Schulheft, zückte diesmal seinen Rotstift öfter als zuvor, schrieb verärgert eine Vier unter den Aufsatz und schlug das Heft wieder zu.

So also entstehen Schulnoten, überlegte ich mir, Noten, die über Glück und Unglück in Kinderherzen entscheiden und über den Familiensegen in vielen Häusern, so en passant im Gespräch mit einem Autor. Meine Worte schienen ihn verstimmt zu haben. Nun wußte ich, wie schlechte Schulnoten zustande kommen konnten: durch eine Verstimmung des Lehrers.

»Die Geschichte hat es doch gezeigt: Wer sich nicht anpassen kann, der geht unter. Es gibt tausend Beispiele dafür. Schauen Sie sich doch die Polen im Ruhrgebiet an, die fallen gar nicht mehr auf, sind völlig assimiliert und in der deutschen Gesellschaft aufgegangen, mit denen haben wir keinen Ärger, die bemerken Sie überhaupt nicht, so muß es sein. Die Juden wollten sich damals nicht anpassen, und wenn es auch schlimm ist, was bei uns in Deutschland passiert ist, es war einfach nicht zu vermeiden, es mußte irgendwann soweit kommen. Man kann nicht hier bei uns leben und an seiner Kultur festhalten, das führt nur zu Konflikten, wir haben es ja gesehen.«

Daher also weht der Wind! Mein Gegenüber versuchte mit dem Schreckgespenst der Judenvernichtung auf eine gütliche und friedliche Lösung des Ausländerproblems (wir wollen das Kind mal so nennen, auch wenn das Wort nicht gefallen ist) mit Hilfe einer gnadenlosen Assimilation der Ausländer zu pochen, um solch ein neuerliches Pogrom zu verhindern. Dieser makabre Vergleich mit den Juden stank gewaltig. Außerdem waren es Deutsche, wußte er das denn nicht? Wir sprachen jetzt von Ausländern. Noch bevor ich diese Gedanken zu einem Ende führen konnte, setzte er schon nach.

»So kann es doch nicht mehr weitergehen. Die Zeitbombe tickt auf unseren Straßen, unsere Politiker können das Problem nicht lösen, die trauen sich gar nicht, den Mund aufzumachen, weil es nicht schicklich ist, darüber zu reden. Bald geht alles in die Luft. Neulich war ein Bericht in der Zeitung. Die Polizei hat eine verdammte Sippe von Asylanten auffliegen lassen. Die haben unter verschiedenen Namen in über zwölf Städten Sozialhilfe kassiert. Aus Ghania oder Kenia waren die, glaube ich. Auf jeden Fall darf so etwas nicht mehr passieren ...«

Wenn ich es bis dahin auch nur ahnte, so wurde meine Befürchtung jetzt zur Gewißheit: Dieser Mann mußte eifriger Leser einer bestimmten Presse sein und wirklich alles, was dort geschrieben steht, für bare Münze nehmen!

Asylanten, Asylanten und immer wieder Asylanten! Ich kann dieses Wort schon nicht mehr hören! Wohin ich auch komme, begegnen mir die gleichen Geschichten, die stereotypen Ansichten, die aus vielen Mündern kommen. Die dazugehörigen Ohren aber scheinen kaum eine Silbe von meinen Sätzen, sprich Argumenten, aufnehmen zu wollen. Argumente helfen hierbei wohl nicht. Wohin ich auch komme, immer schon sind die ewig gleichen Vorurteile mir vorausgeeilt.

Erschreckend ist auch die benutzte Sprache, spiegelt sie doch die Meinungen in Bildern wider. Sie erinnert oft an Naturkatastrophen und verrät mit diesen Schlagworten viel über die Rücksichtslosigkeit im Denken dieser Menschen. »Unsere Gesellschaft kippt«, als ob die Ausländer Gift wären, die einem Fluß den Tod bringen! »Das Boot ist voll«, die Arche Noah läuft bald aus, aber ohne die Ausländer bitte! Dieser Slogan wurde sogar von Politikern im Wahlkampf benutzt. Und jetzt auch noch eine tickende Zeitbombe. Fünf Millionen Sprengsätze in deutschen Landen.

»Das Schwarze-Schaf-Syndrom« schien auch vor dieser Schule nicht haltgemacht zu haben. Der gute Mann wußte wahrscheinlich nicht, daß die Asylbewerber nicht mal den Landkreis, in dem sie gemeldet sind, verlassen dürfen. Selbst wenn die Kinder von Asylbewerbern mit ihrer Schulklasse einen Tagesausflug unternehmen und dabei die Grenzen des Landkreises überschreiten, muß die Schule es den Behörden melden. Wie soll dann ein schwarzer Afrikaner unter verschiedenen Namen in verschiedenen Städten dieser ach so gut organisierten Republik über ein dutzendmal Sozialhilfe erhalten?

Zumindest mußte das Vertrauen des Lehrers in die Bürokratie dieses Landes, dessen Beamter er war, nicht gerade groß sein.

Davon überzeugt, daß mein gelehrtes Gegenüber ein ehrlicher Steuerzahler ist, versuchte ich es mit einem simplen Vergleich.

»Hören Sie, wenn ein Deutscher in den USA Steuern hinterzieht und dabei erwischt wird, heißt es dann automatisch, daß alle Deutschen Betrüger sind, alle den Fiskus übers Ohr hauen? Es lassen sich doch nicht alle 70 Millionen über einen Kamm scheren!«

»Das kann man so nicht vergleichen«

Schon wieder diese abweisende Antwort, die immer einen schalen Geschmack hinterläßt.

Doch es sollte noch schlimmer kommen, dann nämlich, als eine weitere Kollegin, die vor wenigen Minuten das Lehrerzimmer betreten hatte und unser Gespräch verfolgte, sich unaufgefordert einmischte.

»Ich finde, alle Ausländer, die keine Arbeit und Beschäftigung haben, müssen rausgeschmissen werden. Wer sich hier anpassen kann und Arbeit hat, den kann man hier noch ertragen, aber alle anderen müssen raus, egal wer. Wir haben hier genug Probleme mit unseren eigenen Leuten. Und ich finde auch, daß die keine deutsche Staatsbürgerschaft bekommen dürfen, sie sind eben keine Deutschen.«

Das Brötchen, über das ich mich so gefreut hatte, blieb mir im wahrsten Sinne des Wortes im Hals stecken. Anscheinend hatte sie noch nicht begriffen, daß sie diese Worte zu einem Ausländer sprach.

»Ja, aber, das heißt doch, daß ich auch rausgeschmissen werden müßte: Ich habe mein Studium beendet und habe im Augenblick keine feste Arbeit, lebe freiberuflich als Schriftsteller und Referent.«

»Ja, Sie müßten auch raus, natürlich!«

Noch angeschlagen von der vergeblichen Auseinandersetzung mit dem Lehrer, verschlug mir dieser zweite Nackenschlag nun vollends den Atem.

»Obwohl ich nichts dafür kann? Ich habe wahrscheinlich nicht darum gebettelt, hier in Deutschland auf die Welt zu kommen. Und ich habe mein ganzes Leben hier in Deutschland verbracht, niemals irgendwo anders gelebt.«

»Das ist ihr Problem, nicht meins! Das hätten sich Ihre Eltern früher überlegen sollen.«

Dieser korpulenten Frau fehlte soviel, daß sie sich des Mangels gar nicht bewußt war.

Tief in meinem Herzen verfluchte ich diese verdammte Höflichkeit und Bescheidenheit, die meine Eltern mir bis in das tiefste Mark eingebrannt hatten. Diese Höflichkeit, die mich dermaßen vereinnahmte, daß ich nicht in der Lage war, diese Frau mit ihren menschenverachtenden, geradezu diskriminierenden Äußerungen anzuschreien oder meinem Ärger in irgendeiner anderen Form Luft zu machen.

Doch es war müßig, mich über diese innere Hemmschwelle aufzuregen, denn sie zu überwinden blieb mir keine Zeit. So wie sie gekommen war, verschwand sie auch wieder nach ihrem letzten Satz.

Zurück blieben wir drei. Die Lehrerin, die sich anscheinend unbehaglich fühlte (oder glaubte ich nur, dies zu erkennen?) und etwas irritiert durch den Raum blickte. Der Lehrer, der mich anlächelte und sich sichtlich über die Unterstützung durch das Intermezzo seiner hereingeschneiten Kollegin freute. Und ich, mit einer Mischung aus Ohnmacht, Unverständnis und Zorn.

Langsam schälte sich eine bittere Erkenntnis heraus. Meine eigentlichen Befürchtungen, nämlich negative Äußerungen gegen Ausländer von den Schülern zu hören, waren unnötig gewesen. Es gab nicht viel zurechtzustellen während meiner Veranstaltung in der Klasse. Keine Vorurteile, die es sachte zu entkräften und richtigzustellen gab, keine plumpen Parolen, denen gegengesteuert werden mußte. Sechs Nationalitäten waren in der Gruppe vertreten, außer den Akzenten in der Aussprache waren das jugendliche Benehmen und das Fragebedürfnis ihnen allen gleich.

Und das Kichern und Tuscheln in der ersten Reihe, anfangs etwas störend, brachte nach Rückfragen schließlich ans Tageslicht, daß direkt vor mir ein frischgebackenes Pärchen saß.

Ich wünschte, diese Lehrerin mit ihren obskuren fremdenfeindlichen Ansichten hätte dabeisein können, und wenn sie für so etwas Augen besäße (was ich zu bezweifeln wage), hätte sie auf vier Kilometer gegen den Wind riechen können, daß hier Liebe im Spiel war, jung und naiv, verspielt und kindlich, durch und durch verliebt, eine große Liebe, eine Liebe zwischen einem dunkelhaarigen Türken, durch Geburt Muslim, und einem schelmisch grinsenden, blonden Mädchen aus dieser Ortschaft. Es war schön anzuschauen.

Meine Befürchtungen waren umsonst gewesen.

Nicht in den Klassen herrschte die Abneigung gegen Ausländer, sondern im Lehrerzimmer.

MEIN FREUND BÄRCHEN

Ich lernte Bärchen vor etwa zehn Jahren kennen. Er ist nicht so behaart, daß man bei seinem Anblick an einen Bären denken könnte. Ich weiß bis heute nicht, warum er so genannt wird, seine Familie rief ihn immer so, und ich gewöhnte es mir schließlich auch an.

Bärchen ist ein sehr großer Mann mit schütterem, dunkelbraunem Haar und, was mich vom ersten Augenblick an faszinierte, ohne Augenbrauen. Sein Gang ist sehr eigenwillig. Er neigt seinen Oberkörper schräg nach vorne und holt unheimlich weit aus mit seinen Schritten. Neben ihm zu gehen ist sehr anstrengend. Liegt es daran, daß er zwei Köpfe größer ist als ich, wer weiß, auf jeden Fall mache ich jeweils vier Schritte, wenn er nur zwei setzt.

Seine Bekanntschaft machte ich auf eine sehr eigenartige Weise, wenige Wochen nachdem mein erstes Buch erschienen war. Es herrschte viel Rummel, unsere Stadt war klein, und es kam nicht alle Tage vor, daß ein Schüler ein Buch mit eigenen Gedichten veröffentlichte. In den Zeitungen wurde darüber berichtet, Radiosender brachten Porträts von mir, zumal ich der einzige Ausländer an unserer Schule war. In dieser Zeit rief mich ein unbekannter Mann an. Ich erinnere mich, als ob es gestern erst geschehen wäre.

»Sind Sie der türkische Dichter?« fragte eine schneidende Stimme am anderen Ende der Leitung. Ich bejahte verlegen, denn damals fühlte ich mich noch nicht als ein Schriftsteller.

»Sie wollten doch ein türkisches Mädchen kennenlernen, nicht wahr?«

Auch diese Frage mußte ich bejahen, denn daß ich diesen Wunsch hegte, hatte mir eine Redakteurin entlockt, und es stand auch so wörtlich in der Zeitung.

»Wollen Sie das noch? Das können Sie bei mir!«

So ganz genau läßt sich meine damalige Reaktion nicht in Worte fassen, zu sehr war ich verblüfft. Zumindest willigte ich ein, und der Mann drängte mich, seinen Instruktionen gut zu lauschen. Sehr detailliert beschrieb er mir den Weg zu seinem Geschäft. Obwohl mir viele Freunde von diesem geheimnisvollen Treffen abrieten, fuhr ich dennoch hin. Das war der Auftakt für eine Freundschaft mit Bärchen, seiner Familie und diesem türkischen Mädchen.

Bärchen ist ein leidenschaftlicher Bastler, der glücklich ist, wenn er irgendwelche Arbeiten und Reparaturen im Haus ausführen kann. Er besitzt unten im Keller eine richtige Werkstatt mit Tausenden von verschiedenartigen Werkzeugen, Bohrern und anderen Geräten, die ich niemals zuvor in meinem Leben gesehen habe. Eigentlich ist er mehr als ein Tüftler, man könnte ihn auch als Erfinder bezeichnen. Er hat unzählige Einfälle, Gott allein weiß, wann ihn diese erfinderischen Gedanken überkommen. Eines Tages rief er mich an und fragte aufgeregt, ob ich schon einmal mit einem Wagen abgeschleppt worden wäre.

»Und was passiert, wenn ihr abbiegt?«

Ich wußte nicht, worauf er hinaus wollte. Viel Zeit zum Grübeln blieb mir allerdings nicht.

»Wenn du abgeschleppt wirst, schaltest du die Warnblinker an, genauso wie der Wagen, der dich zieht«, belehrte er mich, »und wenn du abbiegst, sehen es die Autos hinter dir nicht, wegen der Warnblinker«, fuhr er fort.

»Und jetzt rate mal, was ich erfunden habe?« frohlockte er am Telefon.

Bevor ich überhaupt etwas mutmaßen konnte, rückte er schon damit heraus: Es handelte sich um ein Relais, welches irgendwo im Wagen eingebaut wurde und beim Abbiegen automatisch die Warnblinker ausschaltete, so daß der Blinker nach rechts oder links gesehen werden konnte. Irgendeine Autofirma zeigte großes Interesse an Bärchens »Super-Blinker«. Doch bis heute ist nichts daraus geworden. So verhielt es sich bisher auch mit seinen anderen Erfindungen. Er erfand ein kleines Taschenradio, das mit einer Handkurbel an der Seite aufgeladen werden konnte und fast eine Stunde lief. Oder einen Dachgepäckträger, der sich völlig elastisch der Form eines jeden Autodaches anpassen konnte. Insgeheim träumte Bärchen davon, etwas Grandioses zu erfinden, und von dem Geld aus dem Verkauf seiner Idee will er mindestens einmal um die Welt reisen. Wer ihn so aufgeregt über seine vielen Ideen erzählen hört, könnte denken, daß er seiner Zeit weit voraus sei. Vielleicht ist er das auch in mancher Hinsicht.

In seinem Reich, unten im Keller, bastelt Bärchen Stunde um Stunde. Es gibt Wochenenden, da verbringt er den gesamten Tag unten, kommt nur zum Essen herauf. Er tüftelt neue Ideen aus, verwirft sie wieder, greift alte Konstruktionen erneut auf, zeichnet, schraubt, montiert, sägt, lötet. Kurz gesagt, er versinkt förmlich in seiner Welt, mit solch einer Energie und Beharrlichkeit, daß man meint, kein Problem sei unlösbar für diesen Mann.

Schon oft hatte ich mir Gedanken darüber gemacht, warum mein Freund Bärchen so vorgeneigt, fast gekrümmt geht, bis es mir irgendwann wie Schuppen von den Augen fiel: seine Jacke, es liegt an seiner Jacke. Das ganze Jahr über trägt er eine dicke, mehrere Kilo schwere Stoffjacke, die unendlich viele Taschen besitzt. Tausende von Dingen trägt er stets bei sich: Taschentücher, Feuerzeuge, ein Taschenmesser, eine Taschenlampe, Reizgas, Kaugummis und Münzen, nie weniger als fünfzig Mark.

»Man weiß nie, wo man mal hängenbleibt«, sagt er oft.

Sämtliche Ausweise und Papiere, ein kleines Taschenset mit Schraubenziehern, eine Flasche Kölnischwasser, ein Kompaß, eine Deutschland-Karte, Dosen- und Flaschenöffner, eigentlich ist er jeden Augenblick darauf vorbereitet, in der Wildnis ausgesetzt zu werden und sich durchschlagen zu müssen.

Bärchens Hilfsbereitschaft ist fast schon sprichwörtlicher Art, allerdings schlägt er gelegentlich mit diesem Charakterzug über die Stränge.

Vor einigen Jahren lag ich mit einer schlimmen Blutvergiftung krank in Bamberg. Einige Wochen zuvor hatte mich in der Türkei eine Schlange am Fuß gebissen. Es war abseits von irgendwelchen Städten, kein Arzt weit und breit. Die alten Leute in dem nächstgelegenen Dorf wollten mir auf ihre Art helfen. Sie erhitzten ein Messer, schnitten mir die kleine Wunde auf und gossen reichlich türkischen Anisschnaps darauf, zum Desinfizieren. Aber das ist eine ganz andere Geschichte.

Jedenfalls konnte ich nicht aufstehen und lag im Bett. Kaum daß Bärchen davon erfuhr, machte er sich auf den Weg und stand am nächsten Tag vor meiner Tür. Einen alten Schlafsack unter den Arm geklemmt, mit vielen Taschen und Tüten voller Lebensmittel und Fertiggerichte beladen, grinste er mich an.

»Na, mein Nevfi, ich kann dich doch nicht verhungern lassen«, war sein erster Satz. Mir fehlten die Worte, ich wußte nichts zu sagen. Er war mehr als 700 Kilometer gefahren, um mir zu helfen. Doch er besaß damals keinen Führerschein, den hatte ihm die Polizei abgenommen, für ein ganzes Jahr. (Zu der Zeit wußte ich noch nicht, aus welchem wahren Grund dies geschehen war). Hin und her gerissen zwischen einem tiefen, dankbaren Gefühl der Rührung und einem leichten Zorn, der aufkam, als ich mit Schrecken daran dachte, was alles hätte passieren können bei einem Unfall oder einer Polizeikontrolle, wußte ich nicht, ob ich lachen oder weinen sollte. Vorhaltungen und Vorwürfe waren sinnlos, er schmetterte sie mit einem Lächeln ab. »Kein Thema!«, war seine lapidare Antwort, ein Lieblingssatz von ihm.

Es verging sehr viel Zeit, bis ich langsam begriff, daß mein Freund Bärchen noch eine andere Seite hat. Daß etwas nicht stimmte, begann ich erst dann zu erahnen, als während meiner Besuche die Situationen sich häuften, in denen ich mir keinen Reim auf einige seiner Reaktionen machen konnte.

Spät abends, wenn ich im Begriff war, ins Bett zu gehen, entspann sich oft ein unvorhergesehenes Gespräch. An eines der ersten dieser Art kann ich mich noch genau erinnern.

»Verdammt, Nevfi, diese Welt ist ungerecht«, begann er völlig unvermittelt, anstatt mir auf mein »Gute Nacht, Bärchen« zu antworten.

»Schau dir deine Eltern an, die haben hier kein Zuhause gefunden.«

»Bärchen, sie sind als Erwachsene, als reife Menschen nach Deutschland gekommen. Ihre Heimat ist und bleibt natürlich die Türkei«, erklärte ich ihm müde.

»Das kann man so nicht sehen.« (Das ist ein weiterer Lieblingssatz von ihm). »Sie sind mit ihrer Tradition verschweißt. Diese beschissene Kälte in unserem Land macht ihre Stirn kaputt, glaube mir das!«

»Was für eine Stirn denn, Bärchen?«

»Na, sie haben doch ihre gesamten Ersparnisse in einem Wohnwagen versteckt. Sollen sie doch meinetwegen in ein anderes Land ziehen, bevor sie es dem Hodscha geben.«

»Was möchtest du mir eigentlich erzählen?«

»Das hat keinen Wert! Der Luftdruck reicht einfach nicht aus! Du kannst deine Familie nicht retten!«

Seine Augen fielen schon zu, die Zigaretten, die er eine nach der anderen anzündete, rauchte er kaum aus. Gelegentlich nahm er einen Schluck aus der Bierflasche. In seinem Sessel versunken, schien es, als ob er mich gar nicht gehört hätte.

Nein, Bärchen wird nicht laut und unhöflich, nicht böse oder jähzornig, wenn er getrunken, zuviel getrunken hat, er erzählt einfach zusammenhanglos.

Gespräche dieser Art nahmen zu. Bewußt fielen sie mir erst auf, nachdem ich aus Norddeutschland weggezogen war und, wenn ich zu Besuch kam, bei ihm zu Hause übernachtete. Früher wohnte ich in der Nähe und blieb so gut wie nie über Nacht. Bei diesen nächtlichen Gesprächen rieb ich mich förmlich auf in meinem Bemühen, Bärchen und seine Gedanken zu verstehen, bis ich schließlich merkte, daß ich sie nicht nachvollziehen kann, weil sie aus einem berauschten und verzerrten Denken heraus kommen.

Manchmal, wenn ich wieder große Schwierigkeiten habe, Bärchen zu folgen, denke ich an das Buch »Wir Kinder vom Bahnhof Zoo« von Christiane F. Das junge Leben dieses Mädchens ist geprägt gewesen von ihrer Drogenabhängigkeit. Sie ging auf den Babystrich im Viertel um den Bahnhof Zoo im damaligen West-Berlin. Christiane hörte mit den Drogen auf, nachdem ihre jüngere Freundin Babsi daran gestorben war. Aber diese Abstinenz hielt nur kurz an. Sie verstand ihren Freund Detlef nicht mehr, fühlte sich ihm so fremd und fern. Wenn er berauscht war, lebte er förmlich in einer anderen Welt und sprach auch dementsprechend. Um wieder auf einer Wellenlänge mit ihm zu sein, um mit ihm reden und fühlen zu können, begann sie wieder Heroin zu spritzen.

So ähnlich wie Christiane F. habe auch ich schon oft daran gedacht, mich zu betrinken, um eventuell den Gedanken meines Freundes Bärchen folgen zu können.

Eines Abends, am Geburtstag seiner Frau, tat ich es auch. Ich war so richtig betrunken und fand die Feier ziemlich lustig. Doch verstanden habe ich Bärchen nicht, denn mit einem berauschten Kopf kommen natürlich keine ernsten Gedanken auf, geschweige denn ein Gespräch.

Bis heute habe ich nicht herausfinden können, ob Bärchen darunter leidet, abends trinken zu müssen. Wohlgemerkt, das Ganze spielt sich immer nur abends ab. Den ganzen Tag über ist er »trocken«, arbeitet fleißig in seinem Geschäft und bemüht sich um seine Kundschaft. Nicht einen Tropfen trinkt er tagsüber. Herausgefunden habe ich allerdings, daß er sich in keiner Weise dessen bewußt ist, süchtig zu sein, süchtig nach Alkohol.

Es gab eine lange Phase, in der ich Bärchen um jeden Preis retten wollte. Ich hielt es für meine Pflicht als Freund, ihm zu helfen. In vielen Gesprächen versuchte ich, alleine und auch gemeinsam mit seiner Frau, ihm sein Problem mit dem Alkohol und die Auswirkungen auf sein Leben zu verdeutlichen. Wenigstens aus Verantwortung gegenüber seiner Familie sollte er doch sein Trinken einstellen, verlangte ich von ihm, doch ohne Erfolg.

Auf Bitten seiner Frau bemühte ich mich in meinem Bekanntenkreis um eine geeignete therapeutische Unterstützung und entschloß mich, Bärchen zu einem Freund zu bringen, der Psychotherapeut ist und ihm sicher in professioneller Weise helfen könnte. Aber Bärchen sträubte sich vehement dagegen, trotz Anstrengungen und Bitten konnte ich ihn nicht überreden, gemeinsam mit mir meinen Freund aufzusuchen. Mehr noch, er war damals beleidigt, daß ich überhaupt auf die Idee gekommen war, ihn »zu einem Seelenklempner schleppen zu wollen«.

In all diesen Monaten kam es mir so vor, als ob ich gegen Wände lief; er wollte sich partout nicht helfen lassen. Obwohl es mir nicht leicht fiel, mußte ich mit dieser Hilflosigkeit und Ohnmacht leben.

Es folgten Zeiten, in denen es mich eine große Überwindung kostete, Bärchen zu besuchen. Eigentlich tat ich dies nur aus Solidarität mit seiner Frau und seinen Kindern, um sie in ihrer Lage nicht völlig alleine zu lassen. Sie freuten sich sehr über meine Besuche. Für die Kinder war ich der große Bruder, für seine Frau ein guter Freund, bei dem sie sich ausreden konnte. Die Kinder brachten kaum Freunde ins Haus, weil ihnen die Situation unangenehm war, und auch von dem alten Bekanntenkreis der Familie vermieden inzwischen viele einen Besuch.

Wenn ich aber sah, wie abends die Stimmung kippte und wie verbittert und resigniert seine Frau reagierte, während die Kinder sich rechtzeitig in ihr Zimmer zurückgezogen hatten, dann kochte ich vor ohnmächtiger Wut. Wut auf meinen Freund, den ich für das Leiden seiner Familie verantwortlich machte.

Unbegreiflich war mir in meinem Zorn, warum Bärchens Frau ihn nicht verließ, endgültig verließ, denn einmal hatte sie schon die Flucht ergriffen, war jedoch nach einigen Tagen zu ihm und den Kindern zurückgekehrt.

»Warum haust du nicht einfach ab und läßt ihn hier hängen?« schlug ich ihr nach solch einem Abend vor, »vielleicht bringt ihn das endlich zur Vernunft?«

»Das geht nicht so einfach. Weißt du, ich habe zwar oft die Schnauze gestrichen voll, aber wenn ich weg bin, dann tut er mir irgendwie leid. Er braucht mich doch«, erklärte sie mit einer Spur von Hilflosigkeit in der Stimme, »und außerdem, wenn er nüchtern ist, dann ist er wirklich ein lieber Kerl, dann ist es auch schön, mit ihm zusammenzuleben. Das ist nur dieser verdammte Alkohol, der macht alles kaputt.«

Was Bärchens Frau nicht übers Herz brachte, hat sein Sohn geschafft. Gleich nachdem er die Schule beendet hatte, zog er von zu Hause aus. Für ihn war es ein wichtiger Schritt, der ihm allerdings, wie er mir verriet, sehr schwer fiel.

Bärchen unterstützte seinen Sohn hierbei nach besten Kräften. Er renovierte seine kleine Wohnung, führte den Umzug durch, baute alle Möbel auf, und obwohl er ein gutes Ausbildungsgehalt erhielt, bestand Bärchen darauf, seine Miete zu zahlen. Auf meinen Einwand, dies sei doch übertrieben, er könne es sich doch gar nicht leisten, schüttelte er energisch den Kopf: »Das ist schon in Ordnung so, Nevfi, meinen Kindern soll es nicht schlechtgehen.«

Genauso wie seine Hilfsbereitschaft ist auch Bärchens Großzügigkeit enorm. Er gibt gerne, und wenn man ihn nicht bremst, würde er sogar seinen letzten Hosenknopf für andere Leute hergeben. Und das, obwohl er und seine Frau große finanzielle Schwierigkeiten haben. Bärchen besitzt eine kleine, gut sortierte Buchhandlung, die er von seinem Vater erbte. Viele der Bücher in meinem Arbeitszimmer hat er mir geschenkt.

»Schau dich um, was du gebrauchen kannst, Nevfi«, fordert er mich stets in seinem Laden auf. Seit einiger Zeit allerdings widerstehe ich all seinen Aufforderungen, denn ich weiß von seiner Frau, daß es nicht gut steht um Bärchens Geschäft, obwohl er sehr viel verkauft.

»Seine Buchhaltung stimmt hinten und vorne nicht», klagte sie mir, »er nimmt immer wieder Geld aus der Kasse, um abends auf dem Weg nach Hause Alkohol zu kaufen. Lange geht das nicht mehr gut, unser Schuldenberg wächst und wächst.«

Oft denke ich über meinen Freund Bärchen nach, stelle mir vor, wünsche mir von ganzem Herzen, daß er ein Vater ohne Alkoholprobleme wäre, umgeben von einer zufriedenen und glücklichen Familie. Doch offensichtlich hat jeder Mensch seine Probleme, jeder Mensch scheint sein Bündel auf den Schultern zu tragen, eine Last, die ihn manchmal sein ganzes Leben lang begleitet. Manchem allerdings gelingt es, diese Last abzuwerfen, sich von Problemen zu lösen, indem er diese bewältigt. Hierzu gehören aber vor allem Einsicht und ernste Bereitschaft, etwas im eigenen Leben ändern zu wollen. Wie vielen Alkoholikern fehlt auch Bärchen das Einsichtsvermögen in seine Sucht. Mittlerweile habe ich gelernt, ihn so zu nehmen, wie er ist, habe mich, wenn anfangs auch nur widerstrebend, mit der Lage und unserer Beziehung arrangiert. Notwendig hierfür waren allerdings meine Erkenntnis, ihn nicht retten zu können, und eine andere Blickweise auf seine Sucht.

In meinen Augen ist Bärchen ein netter Mensch und ein guter Freund, doch er ist leider krank. Seine Willenskraft und Bereitschaft sind nicht stark genug, um diese Krankheit zu überwinden, obwohl ihre Auswirkungen seine eigene und die Existenz seiner Familie gefährden. Mittlerweile, nach über einem Jahrzehnt, muß ich mir dies eingestehen. Ich verurteile ihn nicht mehr und habe aufgehört, ihm Vorwürfe zu machen, weil er das Leben seiner Angehörigen belastet.

Ich denke, es ist eine Krankheit, ansonsten ist er genauso ein Mensch wie du und ich. Ich habe eine Schuppenflechte, du bist vielleicht zuckerkrank, und er ist ein Alkoholiker. Einer, dessen Krankheit abends darin mündet, heimlich im Keller einige hastige Schlucke aus der Whiskey- oder Rumflasche zu nehmen und oben im Wohnzimmer zwei, drei Flaschen Bier zu trinken.

Die Hoffnung jedoch habe ich nicht aufgegeben. Vielleicht kann ich ihm eines Tages doch noch helfen, wenn er endlich einsieht, daß er dringend Hilfe braucht. Und ich werde nicht aufhören, Bärchen und seine Familie zu besuchen. Denn wenn auch ich ausbleibe, dann wäre der Titel dieser Geschichte nicht gerechtfertigt.

Editorische Notiz

Einige der Erzählungen wurden zuvor in Anthologien veröffentlicht, die Reiner Engelmann herausgegeben hat. Sie erscheinen hier mit freundlicher Genehmigung des Arena Verlags Würzburg.

Falsche Befürchtungen
in: »Tatort Klassenzimmer«, 1994

Mein Freund Bärchen
in: »Fluchtwege«, 1995

Der zweite Bill
in: »Alles so schön bunt hier«, 1996

Die Zecke im Arm
in: »Stand up! Zivilcourage ist angesagt«, 1996

Ein langer Weg
in: »(un)heimlich verknallt«, 1997

Die Deutsche Bibliothek - CIP-Einheitsaufnahme

Cumart, Nevfel:
Hochzeit mit Hindernissen: Erzählungen / Nevfel Cumart.
1. Aufl. - Düsseldorf: Grupello, 1998.
ISBN 3-928234-89-7 (Engl. Broschur)

9. Auflage 2011

Schwerinstr. 55 • 40476 Düsseldorf
Tel. 0211 / 491 25 58 • Fax 0211 / 498 01 83
Lektorat: Sofia Kutsopapa
Einbandgestaltung: Matthias Vaskovics
Autorenfoto: Helmut Ölschlegel
Druck: Rosch-Druck, Scheßlitz

www.cumart.de • www.grupello.de

ISBN 3-928234-89-7